KB080001

마티

일러두기

- 이 책에 수록된 글을 굳이 에세이와 소설로 분류하자면, Gate 1, Gate 2는 에세이, Gate 3의 글은 소설이다.
- 비평이나 해설 대신 각 원고에 대한 작가의 간단한 설명을 「코멘터리」(167쪽)로 달았다.
- 외국 인명 등의 원어는 찾아보기에 병기했다.

스페이스 (논)픽

션 정지돈

공간—

시간— 이동—— 기억—

— 역사— 자유,——

——정지돈의 에세이와

짧은—소설

열며

얼마 전 가까운 소설가에게 캘빈 클라인과 스트리트브랜드 팔라스의 콜라보 영상을 추천받았다. 런던과 뉴욕을 배경으로 콜라보 제품을 입은 사람들이 걷고 통화하며 거들먹거리는 영상이란다. 배경음악은 펫숍보이스의 「웨스트 앤드 걸스」인데 신시사이저와 베이스가 등장하기 전, 제일 먼저 소곤거리듯 흘러나오는 도시의 소음을 잘 들어보라고 했다. '뜬금없이 웬 캘빈 클라인?' 하는 생각이 들었지만 한강을 건너는 지하철 안에서 문득 생각이 났다. 영상은 그가 말한 그대로였다. 카메오로 윌럼 더포도 나왔다. 처음 보는 키 작은 남자가 주인공이었는데 검색해보니, 숀 파워스라는 스케이트보더 출신의 아티스트로 영국 브랜드인 팔라스에서 선택한 최초의 미국인 스케이트보더였다. 그 분야에선 유명한 인물이었지만 내게 낯설었다. 이 글을 읽는 대부분에게 그럴 것이다. 스케이트보드 문화는 한국에서 썩 대중적이지 않다. 많은 이들이 반스를 신지만 말이다.

해외에 가면 스케이트보더들을 종종 본다. 과거처럼 전성기를 누리지도 못하는 듯하고 그리 힙해 보이지도 않지만 온갖 멋진 장소, 공원에는 늘 그들이 있었다. 서울에선 한 번도 마주친 적이 없었다. 산책 중에 한강 변의 난지 스케이트보드장을 자주 지나도 보드를 타는 사람을 본 적은 없다. 반면 파리에는 공원뿐 아니라 시립미술관에도 보더들이 가득했다. 서울시립미술관에서 스케이트보드를 타면 어떻게 될까. 당장 경비원에게 머리채를 붙잡힐 것이다.

아무튼 이런 생각을 하며 이것저것 검색하다가 스케이트보더들의 성지 중 하나인 필라델피아의 러브파크를 알게 됐다. 우리에게도 익숙한 로버트 인디애나의 LOVE 조각상이 있는 공원으로 1965년에 지어졌다. 이 공원을 두고 시 당국과 보더들은 실랑이를 벌였다. LOVE 앞에서 사진을 찍는 관광객들에게 방해가 되고 공공질서를 어지럽힌다는 이유로 시에서 스케이트보딩을 금지하고 경찰을 배치한 것이다. 보더들은 몰래 잠입해 경찰들의 눈을 속이며 보딩을 했다. 가장 전설적인 사건은 2002년에 일어났다. 공원을 설계한 건축가 중 하나인 에드먼드 베이컨이 여든 살의 몸으로 등장해 러브파크에서 스케이트보드를 탄 것이다. 필라델피아의 아버지로 알려진 건축가 에드 베이컨은 영화배우 케빈 베이컨의 아버지이기도 하다. 그는 스케이트보더들에게 공원을 돌려줘야 한다고 주장하며 퍼포먼스를 벌인다. 사람들의 부축을 받으며 엉거주춤 보드를 타는 것이다. 물론 경찰은 그를 체포하지 못했다. 겨우 몇 발짝 전진한 뒤 여든 살 노인은 외친다. "신이시여, 감사합니다. 제 망할 인생은 바로 이 순간을 위해 존재했습니다."

조금 유치하고 낭만적인 생각으로 들릴지 모르지만 내가 공간이나 건축에 대해 하고 싶었던 이야기도 이와 같다. 나는 건축의 문외한이지만 도시의 거주민으로서, 한국의 아파트나 주택에 사는 사람으로서는 전문가다. 건축가도 건축주도 아니지만 사용자로서는 누구 못지않은 것이다. 그리고 그것은 이 책을 읽는 사람 누구나 마찬가지다. 그런데 막상 우리가 만나는 건축이나 공간과 관련된 글 중에는 사용자의 관점에서 씌여진 게 거의 없다. 사용자가 전문가가 될 수 있다는 상상조차 하지 못하는 것 같다. 도시와 건물에는 건축가나 도시 계획가, 정부가 정해놓은 사용법이 있고 그것을 벗어나면 큰일이라도 나는 것처럼 어리석고 상식과 교양이 없는 사람으로 여기는 것이다. 그러나 상식이란 뭐고 교양이란 무엇인지 묻기 시작하면 질문은 끝없이 불어난다. 도시는 계획하는 게 아니라 스스로 자라나는 것이다. 크리스토퍼 알렉산더는 『영원의 건축』에서 이렇게 쓴다. "도시의 질서는 다른 질서와는 비교할 수 없을 정도로 복잡하다. 그것은 어떤 결정으로 만들어지는 질서가 아니다. 미리 설계할 수도 없고 평면도에 그려 예측할 수도 없기 때문이다. 그것은 수백, 수천 명이 삶과 내면의 힘을 펼치며 만들어낸 살아 숨 쉬는 증거이다. 이런 과정을 통해 마침내 완전함이 서서히 부상한다."

그럼에도 우리는 이 진실을 자주 잊는다. 진실은 너무나 미묘하고 다루기 어려운 것이어서 들을 때는 고개가 끄덕여지지만 실제로 적용하려 들면 뭔가 어긋나기 일쑤이기 때문이다. 그래서 사람들은 제도와 규칙을 만들고 때로는 신봉하기까지 한다. 하지만 진실이 어렵다고 잊어도 되는 것은 아니다. 그렇게 되는 순간 공간은 우리를 해방시키는 게 아니라 옥죄기 시작하니까. 여기 실린 글들은 공간에 대한 각자의 진실을 상기하기 위해 쓰였다. 읽는 사람들에게도 그런 계기가 되었으면 하는 바람이다.

Gate 1

S
P
A
C
E

공간은 상호작용의 범위

✢

고전 물리학은 공간을 상자로 가정한다. 경계가 뚜렷한 공간적 실체가 있고 그 안에 우주가 있으며 우주 안에 은하계, 은하계 안에 태양계, 태양계 안에 행성, 행성 안에… 철학이나 예술은 오래전부터 이 점을 의문시했다. 그렇다면 공간 밖에는 뭐가 있을까. 마찬가지로 시간의 탄생 전에는? 이렇게 질문할 수도 있다. 공간이 없는 곳이 '무'(無)라면 '무'는 어디에 있는가. 무가 있으려면 무가 있을 공간이 있어야 하는데 거기에 무가 있다면 무는(무=) 없는 것이 아니라 있는 것이므로 무는 없다… 추상적인 말장난 같지만 사실 과학도 이 문제를 오래 탐구해왔다. 결론적으로 —아마 영원히 완벽한 결론에 이르지 못하겠지만— 과학은 잠정적 해답을 얻었다.

일반상대성이론은 시간과 공간을 상대적인 것으로 규정한다. 가장 최신의 물리학 이론들, 이를테면 고리양자중력이론은 공간을 실재하지 않는 것으로 본다. "공간은 존재하는 것들을 제외하면 아무 의미도 없다." 공간은 입자들의 관계다. 아무것도 없는 공간이란 없으며 선험적으로 존재하는 경계 역시 없다. 물리학자 리 스몰린은 공간을 문장에 비유한다. 문장은 단어들의 조합에서 비롯된다. 단어가 없는 문장을 만들어보자.

(   )

↑

이 안이 문장?

단어가 없는 문장은 존재할 수 없다. 여백은 언제나 맥락 안에 있다(위의 경우에는 기호 안에). 공간은 단어-사물들의 관계가 만들어낸 현상이다.

좀 더 직접적이고 명쾌한 정의가 필요해서 물리학자를 아버지로 둔 친구에게 공간의 정의에 대해 문의했다. 친구는 마침 신체를 공간으로 규정할 수 있는지에 대한 세미나 발표문을 작성 중이었다. 아래는 친구와 물리학자 아버지의 카톡 전문이다.

저, 넘 뜬금없고 터무니없는 질문이긴 한데…
물리학에서 정의하는 공간이란 무엇일까요…?

으흠… 결코 이해하기 쉽지 않겠지만…
공간이란 '상호작용의 범위'를 뜻함.
즉 '느끼는' 범위임

오호 그럼 신체도 공간이라고 할 수 있나요?

자네가 느끼고 있지 않나?
몸이 차지하는 공간을?

몸이 공간을 차지한다고는 하지만 몸 자체가
공간이라는 말은 거의 못 들어본 것 같아서요.

이 세상에 '자체'로 공간인 것은 원래 없음

소름

모두 그런 '범위'만 갖고 있을 뿐.
실체는 모두 점임.

-:-

리나 보 바르디는 1976년 브라질 상파울루의 버려진 철강 공장에 처음 방문했다. SESC의 청탁으로 이곳에 문화센터를 지을 예정이었다. 처음에는 예전 공장들을 싹 다 밀어버릴 계획이었다. 프랑수아 엔비크가 철근 콘크리트로 지은 19세기 영국풍의 공장은 우아하지만 낡았고 지붕에선 비가 줄줄 샜으며 문은 너덜너덜하고 벽과 바닥은 갈라지고 질척했기 때문이다. 그러나 두 번째 방문 후 리나 보 바르디는 생각을 고쳐먹었다. 첫 번째와 달리 주말에 방문했는데 마을 사람들이 자유롭게 그곳을 활용하는 모습을 발견한 것이다.

> 행복한 사람들. 아이들, 엄마들, 할머니들,
> 연금수령자들이 이 창고에서 다른 창고로 가고 있다.
> 애들은 달리고, 청소년들은 부서진 지붕 사이로 떨어지는
> 비를 맞으며 축구를 했다. 엄마들은 클레시아 거리
> 입구에서 바비큐를 굽고 샌드위치를 만들었다.①

그녀는 애초의 계획을 바꾸어 폼페이의 공장을 유지하면서 공간을 개방했다. 표지판을 새로 만들고 가구를 들이고 담을 허무는 등등의 작업이 이루어졌지만 목표는 하나였다. 사람들이 이곳을 자율적으로 활용하게 만들자. 단순하지만 모험적인 시도였고 사실상 불가능에 가까운 몽상이나 서투른 이상에 불과한 시도일지도 몰랐다. 생각한 대로 되겠어? 사람들이 어떻게 행동할 줄 알고? 그러니까 리나 보 바르디의 방식은 무엇보다 사람들에 대한 믿음에 기반한 시도였다. 이탈리아의 공산주의자였던 그는 이렇게 썼다. "아무것도 바꾸지 않았다. SESC 폼페이아 레저 센터는 다른 현실을 건설하려는 욕구로 디자인되었다. 우리는 그저 작은 물건 몇 개를 뒀을 뿐이다. 물 조금. 난로 하나."②

반면 I.M.페이가 지은 MIT 미디어랩은 모든 것이 정해진 공간이었다고 영국의 건축평론가 로완 무어는 말한다. 1986년에 지어진 미디어랩은 당시 유행하던 아트리움을 내부에 적극적으로 반영했다. 아트리움은 사람들이 대화하고 교류할 수 있게 만든 공간이다. 여러 개의 출입구와 계단으로 이루어진 개방적인 공간에서 MIT의 연구진들은 마주치고 소통할 것이다. 그러나 그건 건축가의 생각일 뿐이었다. "대화 시작이라는 말만큼 대화를 죽이는 것도

없다."③ 홀 어스 카탈로그를 창간한 스튜어트 브랜드는 미디어랩이 크기만 크고 사람들을 모으지는 못하며 유연성이 부족한 허세덩어리라고 혹평했다. 대단한 건축가의 작품인만큼 사람들은 건물에 못 하나 마음대로 박을 수 없었고 건축가가 정해놓은 대로 움직여야 했다. 결국 아트리움은 보기에만 번쩍번쩍한 텅 빈 공간이 되었다.

이 두 사례가 실제로 어떠했고 이후에 어떻게 전개되었는지에 대해선 보다 면밀한 관찰이나 분석이 필요하겠지만, 공간에 대한 정의를 새삼 깨닫게 해주는 측면이 있다. 공간은 원래 존재하는 게 아니라 관계에서 탄생한다는 사실이다.

소설도 마찬가지다. 교과서는 소설 구성의 3요소로 인물, 사건, 배경을 든다. 습작생들은 소설을 쓸 때 배경을 어떻게 설정할지부터 고민한다(심지어 작가들도). 정해진 박스에 이야기를 채워 넣는 걸로 생각한다는 말이다. 그러나 실제는 그렇지 않다. 우리의 모든 대화나 이야기가 그렇듯 이야기는 어디로 튈지 모르고 어떻게 연결될지 모른다. 이야기의 공간은 이야기가 만들어내는 관계의 망이다.

물론 그럼에도 최소한의 바운더리는 필요한 법이다. 사람들은 투덜거린다. 다 좋은 말인데 그러다 무질서한 혼돈 그 자체가 되면 어떡합니까. 소설이 완성되지 않거나 두서없고 산만해지면 어떡해요. 그럴 때마다 나는 걱정하지 말라고 대답한다. 배경이나 인물, 사건이 없어도 어차피 필연적인 한계가 있으니 말이다. 그건 바로 이야기를 쓰는 사람, 작가의 존재다. 작가의 한계가 소설의 한계다. 그리고 그것이 이야기의 공간이 된다(동시에 이야기를 읽는 사람들은 각자의 방식으로 공간에 거주하고 공간을 재구성한다). 리나 보 바르디가 믿었던 것처럼 공간에 거주하는 사람들이 공간을 만드는 것이다. 그러므로 "공간은 상호작용의 범위"다. ㅓ

당신의 모습을 발견할 수 있는 곳 – 미술관과 영화관

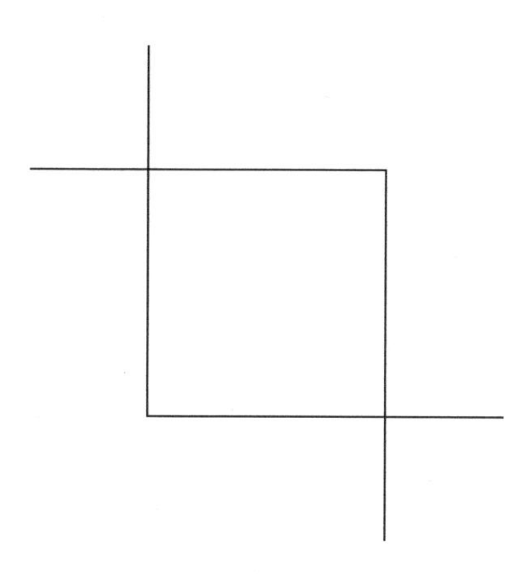

⊹

나는 화이트 큐브 추종자였다. "미술관은 당신의 모습을 발견할 수 있는 곳"이라는 구절에 고개가 끄덕여지는 편이었다.① 화이트 큐브에 대한 비판이 클리셰가 된 것 같은 요즘을 생각하면 전형적인 '미알못'인 셈이다. 그렇지만 블랙박스를 사랑하는 씨네필이었던 내가 미술관의 화이트 큐브를 사랑하게 된 데는 실질적인 이유들이 있다.

⊹

엥겔 계수가 높은 지방의 가정에서 자란 덕에 서울의 대학에 입학하기 전까지 한 번도 미술관을 가보지 못했다. 친구 따라 삼청동의 상업 갤러리에 처음 간 건 스물셋 즈음이었다. 충격이었다.

이렇게 깨끗하고 쾌적하고 안락하고 예쁜 작품들까지 있는데 입장료를 받지 않는다고? 미술관 화장실은 자취방보다 깨끗해서 바닥에 누워도 될 정도였다. 소변기에는 넛지 효과를 노린 파리 스티커가 붙어 있었고 핸드 워시에선 머스크 향이 났다. 솔직히 말하면 제대로 된 핸드 워시를 처음 경험했던 것 같다. 그때 나는 생각했다. 나 여기서 살래. 디자이너가 제작한 벤치에 앉아 있으면 몇 시간이 지나도 지겹지 않았다. 친구가 말했다. 집에 좀 가자. 나는 말했다. 여기가 내 집이야…

화이트 큐브가 좋았던 이유는 수없이 많다. 계절과 무관한 적절한 온도, 세련되고 친절한 인상의 사람들, 극장처럼 시간표가 정해져 있지 않고 누군가 옆에 앉아 부스럭거리며 나초를 먹지도 않는다. 게다가 작품을 보지 않아도 아무런 상관이 없다. 영화나 연극은 잘못 선택하면 두 시간이 지옥이다. 미술관은 그냥 지나가면 된다. 작품과 상관없이 공간을 거닐며 핸드폰을 하거나 명상을 하고 데이트를 하고 사진을 찍어도 된다. 물론 한심하게 보는 사람들도 있다. 그러나, 그러거나 말거나! 돈 없는 자취생에게 미술관만큼 안락하고 편한 곳은 없다. 세상의 소음과 지저분한 자취방에서 벗어나 도피할 수 있는 공간, 자율적이고 이상적인 백색의 신전.

방금 열거한 화이트 큐브의 특징은 아돌프 로스나 르 코르뷔지에 같은 모더니스트들이 주창했던 것이다. 중립적이고 오염되지 않은 신성한 백색의 공간. 화이트 큐브의 미학 이면에는 서구의 제국주의, 은폐된 식민주의의 유산이 있고 지금은 비판의 대상이다. 그 완벽한 백색이 숨기고 있는 추방한 진실을 보라! 미술관은 스스로를 더럽히거나 블랙박스를 도입하는 등 변화를 도모하기 시작했다.

+

그러나 블랙박스라고 다를 바 없다. 레프 마노비치와 같은 미디어 이론가의 눈에 영화관의 블랙박스는 "대규모 감방"이다. 플라톤의 동굴에서 시작한 유서 깊은 시각성의 역사, 스크린의 계보학에서 영화관은 그 정점에 위치한다. 신체의 부동성과 고정된 시선을 요구하는 블랙박스는 주체의 감금을 야기한다. 이로써 수동적이고 무비판적인 군중 또는 소비자가 태어난다.

물론, 어디까지나 이론적일 이야기일 뿐이다. 나는 화이트 큐브의 추종자가 된 이후에도 블랙박스, 그러니까 영화관에 자주 갔다. 내가 극장을 이용하는 방식은 다음과 같다. 평일 심야 시간으로 티켓을 구매한다. 팝콘은 사지 않지만 콜라는 꼭 산다. 인체공학적으로 만들어진 멀티플렉스의 푹신한 좌석에 앉아 콜라를 한 모금 마시면 평온함에서 비롯한 한숨이 나온다. 영화가 시작되면 얼마 지나지 않아 잠이 든다… 잠에서 깬 후에는 화장실에 다녀온다. 이쯤이면 러닝타임이 한 시간 정도 남는다. 중간 중간에 핸드폰을 보며 영화가 끝나길 기다린다. 영화가 끝나면 텅 빈 거리를 천천히 거닐며 집으로 돌아온다. 포털에서 영화에 대한 리뷰를 찾아보기도 한다. 이 영화 안 본 눈 삽니다(별 하나). 쯧쯧… 그러게 뭐하러 봤어(혼자 중얼거리는 나). 나의 영화 감상기를 들은 친구 역시 같은 말을 한다. 쯧쯧… 그러게 뭐하러 봤어. 나는 대답한다. 콜라 마시려고. 콜라는 집에서 마셔도 되잖아? 음… 좀 걷고 싶어서. 그냥 산책하면 되잖아. 음… 잠깐 자고 싶어서? 그것도 집에서… 잠깐만, 너 대체 극장은 왜 가는 거야?

⊹

화이트 큐브와 블랙박스를 비교하는 담론에는 뭔가 이상한 점이 있다. 작가와 비평가들은 공들여 두 공간의 기원을 살피고 공간을 활용하는 작가들의 개념을 분석하지만 정작 이용하는 사람들에 대한 이야기는 부족하다. 기껏해야 화이트 큐브의 자율성이 신자유주의 시장 논리에 포섭된 생각 없는 관람객들의 인증샷 도구가 됐다거나 블랙박스의 시각성 역시 생각 없는 관객들의 무비판적 응시의 도구가 됐다는 식이다. 이런 이야기를 들을 때마다 드는 생각은 1) 관객이 그렇게 만만한가? 2) 공간에 대한 담론인데 왜 공간에 대한 이야기는 없지? 라는 것이다. 2)에 대해 부연하면, 화이트 큐브와 블랙박스에 대한 담론은 공간의 특성을 말하는 것 같지만 실제로는 그 공간에서 작품이 재현되는 방식, 작품이 경험되는 방식에 대한 것이다(또는 작품을 제작한 작가에 대한 것이다). 다시 말해 두 경우 모두 (은유로서의) 시각성에 사로잡혀 있다. 하지만 사람들은 작품을 보러 가는 게 아닐지도 모른다. 전시를 봐야지, 영화를 봐야지라고 생각했을지 몰라도 실상은 어떤 습관에 의해, 공간을 둘러싼 맥락이나 의례가 편하고 좋아서 가는 건지도 모른다. 진지한 평자들은 혀를 찰지도 모르겠다. 미술관(극장)에 와서 작품은 안 보고 말이야. 그러나 작품이 그렇게 중요한가. 진짜? 내게 화이트 큐브는 거리의 거실이었고 블랙박스는 거리의 침실이었다. 작품을 뒤로 밀어 놓을 때 비로소 공간의 다른 가능성이 열린다.

미국의 도시사회학자인 레이 올든버그는 비공식적인 공공생활의 중요성을 강조한다. 사람들에게 집과 일터 외에 다른 공간이 필요하다는 것이다. 그러한 비공식적인 공공생활이 이루어지는 곳을 "제3의 장소"라고 부른다. 화이트 큐브와 블랙박스가 제3의 장소가 될 가능성은 없을까? 물론 올든버그가 제시한 특징과 두 공간에는 큰 차이가 있다. 올든버그는 대화가 제3의 장소에 필수적인 요소라고 했지만 화이트 큐브와 블랙박스에는 거의 부재한다. 그럼에도 두 공간은 내게 "비공식적인 공공생활"을 향유할 수 있게 하는 출구였다. 사람들과 직접적인 교류를 하지 않아도 진입하고 나가고 스치는 과정들, 브로슈어를 수령하고 콜라를 사는 의례적인 행위도 사회적인 교류의 일종이다. 스위스의 미술가 피필로티 리스트는 거대한 영상 설치 작업 「너의 몸을 부어라」에 대한 인터뷰에서 이렇게 말했다. "인생에서 당신은 종종 혼자가 되지만 '미술관의' 상상된 방에 모여들면 당신은 공동의 몸이 됩니다."②

불멸의 면세 구역

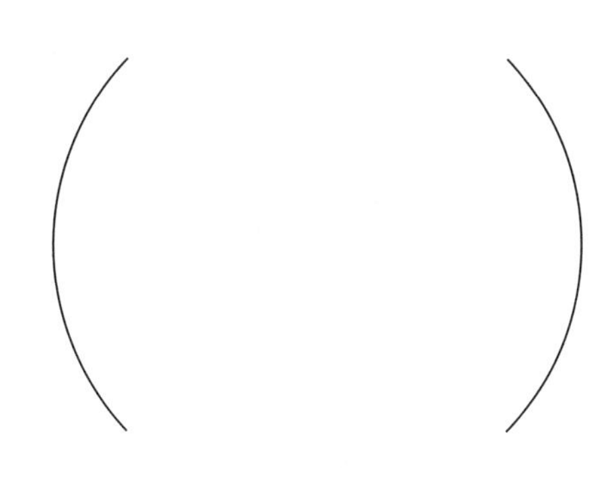

+

망했는지 성공했는지 알 수 없는 영화 「테넷」에는 두 개의 흥미로운 공간이 나온다. 첫 번째는 프리포트로 영화는 이곳을 일종의 조세 피난처, 예술품을 비롯한 고가의 물품을 보관하는 새로운 개념의 창고로 설명한다. 구입한 그림을 국내로 반입하는 게 아니라 보세구역의 창고에 묶어두었다가 팔리면 다시 해외로 보내는 것이다. 그러면 세금을 내지 않아도 된다.

근데 그럴 거면 그림을 왜 살까? 보는 사람도 없고 전시도 안 하는데. 보통 사람도 직구로 쇼핑을 하고 관세를 내지 않으면 관세 창고에 물건이 묶인다. 사흘이 지나면 창고 비용도 내야 한다. 그러니까 왜 쓰지도 않을 물건을 굳이 사서 보관료까지 내냐는 말이다. 일반적인 설명은 다음과 같다. 프리포트의 창고는 일반인이 드나들 수 없는 관세청의 창고와 달리 방문을 할 수 있다. 국제적인 허가를 받은 회사들은 제네바나 싱가포르, 홍콩과 같은 국가의 보세구역에 유명 건축가, 디자이너와 협업한 창고를 만들고 부자들의 물건을 보관한다. 부자들은 1년에 서너 번 그곳에 가서 그림을 감상하고 돌아온다. 음… 아무리 생각해도 석연치 않다. 보세구역에 있는 그림을 소유한 것이라고 할 수 있을까? 그들이 그림을 사고 되파는 데는 모종의 이유가 있을 것이다. 탈세 목적일 수도 있고 미술품 투기일 수도 있다. 그러나 가장 합리적인 이유는 다음과 같다. 부자들이 세상에서 가장 싫어하는 건 세금을 내는 것이다. 세금을 내지 않을 수 있다면 무엇이든 할 수 있다! 너무나 원하는 물건이라도 세금만 내지 않을 수 있으면 곁에 두지 않아도 된다!

뭔가 앞뒤가 바뀐 것 같고 목적과 방법이 전도된 것 같지만 생각할수록 이것 말곤 이유가 없다. 세금을 피하는 것, 그것이야말로 어중간한 부자가 아닌 진정한 부자라는 걸 증명하는 요소 아닌가. 국가와 영토로부터 자유롭다는 증거, 진정한 코스모폴리탄이라는 의미.

두 번째 흥미로운 공간은 영화의 빌런인 사토르가 미래의 물건을 얻게 되는 장소다. 「테넷」은 이곳을 핵실험 후 버려진 구소련의 지역으로 묘사한다. 즉각적으로 체르노빌과 같은 공간이 떠오른다. 사고 또는 실험으로 폐허가 되어 출입이 금지된 공간. 다크 플레이스. 구소련의 SF 소설가 스트루가츠키 형제의 전설적인 소설 『노변의 피크닉』은 정체를 알 수 없는 '구역'에 물건을 가지러 가는 사람들의 이야기다. 구역은 외계인이 왔다 간 것으로 여겨지는 불가사의한 공간이다. 구역에서 발견되는 물건은 인류의 과학적 상식, 일반적인 논리에는 어긋나는 기이한 것들이다. 사람들은 이 물건들을 이용해 무기를 만들고 부를 축적하길 원한다. 자연스레 물건들을 거래하는 암시장이 생긴다. 「테넷」과 거의 유사한 설정으로, 아마

크리스토퍼 놀란은 스트루가츠키 형제에게서 아이디어를 가져왔을 것이다. 재밌는 건 놀란이 구역의 특성을 시간과 결합했다는 사실이다. 이곳에서 시간은 멈추거나 거꾸로 흘러간다.

⊹

히토 슈타이얼은 『면세 미술』에서 신자유주의와 결합된 동시대 미술의 특징을 시공간의 결핍이라고 얘기한다. 이런 결핍을 가장 잘 보여주는 곳이 프리포트의 미술품 수장고다. 그에 따르면, 미술품 수장고는 이미 동시대 미술의 주요 공간이다. 『이코노미스트』는 이렇게 쓴다. "싱가포르 창이 공항에 2010년 문을 연 자유항은 이미 포화에 가까운 상태다. 모나코에도 자유항이 있다. 베이징에 계획 중인 '문화자유항'은 세계 최대의 미술품 수장 시설이 될 것이다." 히토 슈타이얼은 이러한 미술품과 공간을 "투자 상품들처럼 최소한의 추적이나 등록으로 상자 안에 머물면서 국토 밖을 여행하는" "인터넷 시대의 미술관"이자 "이동이 은폐되고 데이터 공간이 클라우드화된 다크넷의 미술관"이라고 표현한다.①

이곳에 있는 미술품들은 모든 의무에서 자유롭다. 이른바 면세 미술은 가치를 수행하거나 재현하고 교육할 의무도 없고 명분도 필요 없으며 주인에게 봉사하거나 무언가의 수단이 되어서도 안 된다. 과거의 민족 국가가 박물관을 만들면서 국가의 역사를 재현하고 교육했다면 탈국가적인 자본의 프리포트는 역사도 없고 역사를 만들 생각도 없다. 프리포트는 시간의 속박을 받지 않는다. 「테넷」에서 프리포트가 시간이 인버전 되는 공간이었다는 사실을 상기해 보라. 다시 말해, 세금에서 자유로운 공간은 시간에서도 자유롭다. 듀티 프리(duty free)는 시간의 제약을 포함한 모든 의무에서 벗어나는 것을 뜻하며 결국 부자들이 원하는 건 돈도 명예도 미술품도 아닌 시간에서 자유로워지는 것이다(구글이 노화 극복을 목표로 하는 생물공학 자회사 칼리코를 설립한 사실을 기억할 것).

⊹

나로 말할 거 같으면 20대 중반에 처음 해외여행을 했다. 모스크바로 여행을 갈 거라고 했을 때 어머니가 처음 한 말은 면세점에서 향수를 사달라는 거였다. 아버지는 담배나 위스키를 사달라고 하셨다. 두 분 다 돈은 주지 않았다…

솔직히 말하면 아직도 면세 구역의 존재 의의를 잘 모르겠다. 그러니까 탑승장 내의 공간은 한국 영토지만 출국 심사 없이 다시 국내로 들어올 수 없고 세금이 면제되며 관세를 내지 않은 물건을 보관하고 국가의 허락을 받은 공장이 운영되며 가끔 난민들이 수용되기도 하고 대기업들은 명품을 판다… 응?(대체 여기서 뭘 하고 싶은 건지…) 내가 묻고자 하는 건 다음과 같다. 만약 우리가 시간과 공간에서(다시 말해 세금에서) 자유롭고자 한다면 그것을 모두에게, 모든 장소에서 허락하지 않을 이유는 대체 무엇인가. 물론 시공간에서 자유로워 보이는 동시대의 현상들이 기만에 불과하며 신자유주의 국가와 금융, 초국적 기업의 농간이라고 비판할 수도 있다. 그러나 이는 비판이론의 나이브한 반복에 불과하다. 시공간의 무게를 더하려 할수록 중력은 힘없는 다수에게만 작용한다. 오히려 시공간의 결핍을 가속화해 모두에게 적용하는 건 어떨까. 결핍을 자유로 전환하기. 인류학자 데이비드 그레이버는 국가 간의 모든 이동과 거주의 자유를 허락하는 것이 자본주의 이후를 상상하는 데 필수적인 조건이라고 말했다. 동시에 우리는 시간에서 자유로운 미래를 러시아 코스미즘의 관점에서 상상할 수도 있다. 코스미즘은 20세기 초반 러시아의 철학사상으로 매우 특이한 과학기술 프로그램과 철학사상을 전개했다. 그들의 구호를 간단히 하면 다음과 같다. 소수의 해방이 아닌 모두의 해방, "모두를 위한 불멸". 트랜스휴머니스트들의 시도를 코스미니스트들은 이미 백 년 전에 "전 인류"를 위해 상상했던 셈이다. 터무니없는 상상이라고? 천만에. 이러한 상상이야말로 시간과 공간의 틀을 새롭게 사유할 수 있는 가능성이다. 물론 세금에서도 해방되고 말이다. ㅓ

공간의 근원 - 극장

✣

"갑자기 모든 것이 변해서 설탕이 써지고 납이 가벼워지고 돌을 놓았을 때 돌이 떨어지는 대신 날아가는 것을 막는 것은 아무것도 없다네."①

✣

빈 극장에 들어가기. 텅 빈 무대에 올라서기. 극장은 사람들에게 영감을 불러일으키는 장소 중 하나이다. 수많은 은유의 대상으로 불리고 정치와 연대의 장소로 쓰이며 도시와 건축에서 흔히 써먹는 랜드마크이기도하다. 어쩌면 극장은 공간의 근원에 가장 적합한 장소일지도 모른다. 비어 있는 동시에 비어 있지 않아야 하므로, 규격화되어야 하지만 해방적인 곳이어야 하므로.

그러니 극장에 대한 이야기로 공간을 이야기하는 건 자연스러운 일이다. 비록 나는 극장을 싫어하지만 말이다.

⊹

솔직히 사람들이 극장에 왜 가는지 모르겠다. 나는 유명 극장에서 이루어지는 대가의 공연에 질색하는 편인데, 이유는 다음과 같다. 첫째, 예매 전쟁이 싫고(나는 이 전쟁의 낙오자, 벌판 위에 버려진 사체다), 둘째, 극장 로비를 가득 채운 젠체하는 인간들이 싫으며(나도 그중 하나라는 사실은 비밀…), 셋째, 대가라는 족속과 그들이 만든 작품이 싫다.

뮾이 지난 10월 광주 아시아문화전당 예술극장에서 한 공연 「캐스케이드 패시지」는 그런 의미에서 나 같은 관객에게 딱 맞춤한 공연이었다. 왜냐하면 이 공연에는 예매도 없고 관객도 없으며 대가 역시 없었기 때문이다.

예매와 관객이 없는 이유는 간단하다. 그들의 공연은 아시아 예술극장의 레지던시 프로그램으로 이루어지는 쇼케이스였다. 게다가 코로나 바이러스로 인한 사회적 거리두기 때문에 극소수의 인원만 초대받았다. 대가가 없는 이유는 조금 더 설명이 필요하다. 안무가 조형준과 건축가 손민선으로 이루어진 듀오 뮾이 아직 젊은 예술가 축에 속하기 때문에 대가라고 부를 수 없다는 이유는 물론 아니고, 그들의 작업이 이른바 예술가의 창조성이나 비대한 자아, 현란한 기교를 공격적으로 선보이는 종류의 것이 아니기 때문이다.

뮾의 공연은 주로 공간과 움직임의 관계를 탐색하는 퍼포먼스로 이루어진다. 장소 특정적 작업을 선보인다고 할 수도 있지만 그렇게 설명하고 싶진 않다. 장소 특정적 미술이라는 호명에 따라 장소에 부여되는 거의 종교적인 중요성과 거리를 두고 싶기 때문이다. 뭎은 장소에서 착안해 공간과 밀접한 퍼포먼스를 공연하지만 그것을 절대적인 것으로 삼지 않는다. 그들의 작업을 볼 수 있는 장소는 특정한 사회적 맥락, 관료적이고 행정적인 절차나 (가끔은) 상업적인 요구와도 결부되어 있으며 그러한 요소들은 광범위한 규모로 우리의 삶과 작업을 속박하기 때문이다. 그러므로 장소는 언제나 특수성과 보편성이라는 측면 모두에 발을 걸치고 있다. 그러므로 "오롯이" 장소 특정적인 미술은 존재하지 않으며 그 개념은 재고가 필요한 이론적 수사에 불과하다(매체 특정성 또는 재료의 본질 운운도 마찬가지다).

뭎이 하지 않는 건 또 있다. 그들은 무용을 기반으로 한 퍼포먼스 그룹에 기대되는 신체의 기교나 동작을 보여주지 않는다. 사람들은 현대무용 퍼포먼스를 본다고 할 때 생각한다. 폐허가 된 발전소를 배경으로 허공을 날아오르는 아름다운 무용가의 신체! 조밀하고 섬세한 인간의 근육과 근대 건축의 차가운 물성이 이루는 조화! 그런 건 뭎의 공연에서 볼 수 없다. 뭎의 인물들은 보통 사람처럼 걷거나 뛰고 가끔 아주 느리게 움직인다. 탈인간적인 무용수의 기교를 보러온 관객들은 마음의 상처를 안고 돌아간다. 현대 미술은 어려워, 라고 중얼거리며…

아무튼 뭎에 대해서는 이쯤 하자. 「캐스케이드 패시지」의 주인공은 뭎이 아니라 아시아 예술극장이기 때문이다. 공연의 내용은 간단하다. 텅빈 극장에 입장한 사람들은 AI의 안내를 받는다. AI는 이곳이 사상 초유의 블랙아웃 사태 이후 가동이 정지되어 예비전력만으로 운영되는 발전소라고 말한다. 관객들은 기술적 재난의 현장을 보러 온 사람들로 정의된다. 아우슈비츠, 체르노빌, 후쿠시마 등에서 이루어지는 다크 투어리즘에서 착안한 서사에 따라 관객들은 텅 빈 극장을 천천히 관람한다. 극장의 설비들은 음산하고 육중한 소리를 내며 천천히 돌아가는 반면 AI는 관광 가이드가 그렇듯 천진할 정도로 밝게 재난의 과정과 경과에 대해 설명한다.

⊹

「캐스케이드 패시지」를 역사적 비극을 되새기는 예술적 다크 투어리즘②이라고 할 수 있을까? 그러나 이 공연에서 다크 투어리즘은 흥미로운 맥거핀에 불과하다. 「캐스케이스 패시지」는 훨씬 일상의 공간에 가까운 재난, 재난이라고 부를 수 없을 정도로 생활화된 재난을 드러낸다.

광주 아시아문화전당의 예술극장은 세계 최대 규모의 가변형 극장이다. 2007년 작성된 '아시아 예술극장 운영 방안 설계' 최종 결과 보고 자료에서는 극장을 다음과 같이 설명한다.

"자유로운 양식적 실험과 수용을 목표로 제작과 기획 중심 극장의 가치를 실현하는 한편 창작과 향유, 유통과 교육이 유기적으로 순환하는 토털 솔루션 공간이다. 특히 대극장은 무대와 객석의 자유로운 변형을 추구하는 가변형 공연 공간으로 일반 공연장이 가지는 물리적 무대 환경을 초월한다."(권점 표시는 인용자)

토털 솔루션 공간이 뭔지, 물리적 무대 환경을 어떻게 "초월"하는지 의문이지만, 아무튼 극장은 이러한 의도에 어울릴 법하게 독특하고 장대한 스타일로 지어졌다. 특히 예술극장이 자랑하는 15미터의 빅 도어는 안과 밖의 경계를 허무는 벽이자 문으로 비행기 격납고를 연상시킨다.

하지만 아시아 예술극장에서 진정으로 흥미로운 점은 이러한 야심 찬 의도를 훨씬 초월하는(그러니까 두 번의 초월) 개관 이후

극장의 기술적 존재 여건이다.

아시아 예술극장을 다룬 2015년 기사에서 익명의 극장 관계자는 이렇게 말한다. "전당 설립에 처음 관여했던 사람들 가운데 지금까지 남아 있는 사람들이 한 명도 없어서 중도에 어떤 변경 과정을 겪었는지 알기도 어렵다."③ 쉽게 말하면 극장은 최신식이지만 그러한 기능을 사용할 수 있는 사람과 환경이 존재하지 않는다는 뜻이다.

아니나 다를까, 대망의 빅 도어는 뮾이 머무는 동안 기술상의 문제로 제대로 작동하지 않았다. 부조리극과 같은 이런 상황은 사실 우리가 사회에서 접하는 대부분의 건축 공간에서 일어난다. 대규모 극장처럼 길고 복잡한 행정적이고 관료적인 절차, 각종 설비와 네트워크, 인력이 얽힌 공간은 대표적인 사례로 이곳에서 공간과 기술, 사용자는 서로를 소외시킨다.

뮾의 「캐스케이드 패시지」는 소외의 중첩을 통해 새로운 공간의 존재론을 제시한다. 재난 이후 발전소-극장에서 공간과 기술은 그 자체의 성격에 의해 각각 알 수 없는 방식으로 굴러간다. 일종의 자기생산 체계로, 이곳에서 무슨 일이 일어나고 있으며 무슨 일이 일어날지, 언제 모든 것이 멈출지 알 수 있는 방법은 없다.

⊹

프랑스의 철학자 퀑탱 메이야수의 『형이상학과 과학 밖 소설』은 일반적인 SF소설과 대비되는 FHS 소설(fiction hors-science)의 가능성을 주장하는 책이다. FHS는 과학이 불가능해지는 미래세계를 그리는 장르로 퀑탱 메이야수는 르네 바르자벨의 소설 『대재난』을 대표적인 예로 든다. 『대재난』은 블랙아웃 이후의 디스토피아를 다룬다. 익숙한 설정과 플롯을 가진 이 소설의 특이한 점은 블랙아웃에 합리적인 설명이 존재하지 않는다는 것이다. 르네 바르자벨은 단지 인류가 대처하는 과정만을 상세하게 기술한다. 메이야수는 이런 불합리한 상황을 통해 세계에 대한 유일하게 필연적인 진술은 세계가 우연적이라는 사실뿐이라고 주장한다. 그럼으로써 FHS는 세계의 사유 가능성과 기술 가능성을 증명하는 것이다.

하지만 짧은 에세이에서 너무 멀리 가진 말자. 중요한 건 묶의 공연과 같은 실천이 공간의 우연적인 성격을 가시화하고 활성화하는 효과적인 전략이라는 사실이다. 그러니까 공간은 규정되어야 한다. 다만 규정되지 않는 상태로.

유령 공간의 출몰 - 리미널 스페이스

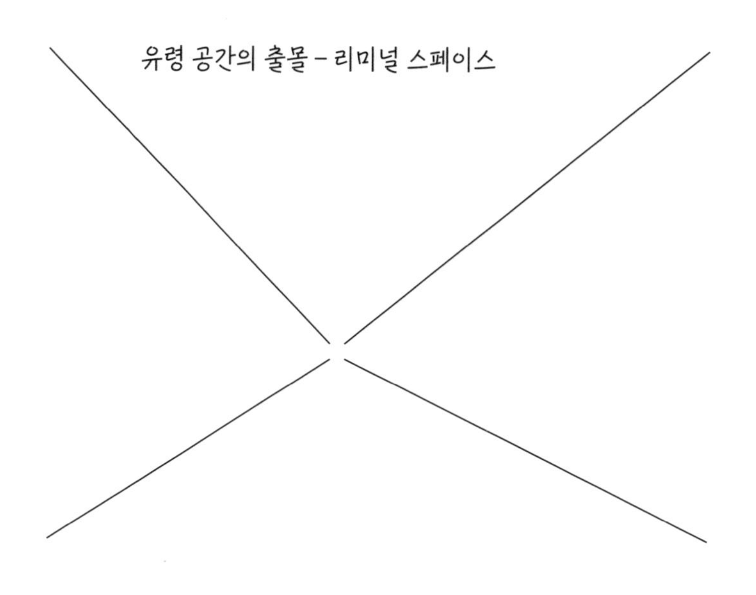

+

리미널 스페이스(liminal space)라는 유령이 웹을 배회하고 있다. 처음 알게 된 건 트위터에 올라온 어느 블로그 링크에서였다. 블로그 명 "sad vacation", 블로거 "메론판다", 게시물은 "위어드 코어"에 관한 해외 웹진의 기사를 번역한 것이었다. 기사-게시물에 따르면 위어드 코어는 아마추어 또는 저품질의 사진, 디지털 그래픽 등을 이용해 방향 상실, 불안, 소외, 공허 등의 감정을 불러일으키는 온라인 미학 운동이다. 1990년대 후반에서 2000년대 중반까지 인터넷에서 떠돌던 이미지에서 시각적인 영감을 받은 위어드 코어는 잃어버린 시간과 기억을 유령처럼 상기시킨다. 위어드 코어 작품을 본 사람들은 대부분 그 공간 또는 이미지를 본 기억이 있다고 생각한다. 그러나 어디에서? 기사에 따르면 위어드 코어가 건드리는 것은 "미지의 장소에서 느끼는 노스탤지어"다. 가보지 않은 장소에 대한 그리움이라고 표현할 수도 있다. 하지만 이건 말이 되지 않는다. 그리움, 노스탤지어는 기억에 기반을 두는 감정이다. 그런데 어떻게 가보지 않은 곳을 기억할 수 있을까.

이는 문화적 기억 때문에 일어나는 일이다. 위어드 코어가 재구성하는 기억은 우리가 스치듯 접하고 경험한 문화에서 비롯된다. 위어드 코어에서 자주 사용하는 이미지 중 하나인 텅 빈 복도 사진을 보자. 친숙하면서도 어딘지 모르게 낯선 이곳을 본 기억은 있지만 정확하게 동일한 곳은 아닐 것이다. 이곳은 누구의 기억 속에나 있는 동시에 누구의 기억 속에도 존재하지 않는다. 이 복도를 복도의 모상, 복도의 이데아라고도 할 수 있지 않을까? 다만 디지털 시대에 악몽의 형태로 귀환했다는 사실이 플라톤의 것과 다를 뿐. 웹에서는 이런 공간을 리미널 스페이스라 부른다.

⊹

리미널 스페이스는 위어드 코어의 배경이 되는 공간이다. 위어드 코어와 유사하지만 다른 장르인 드림 코어, 트라우마 코어, 바스타드 코어 등에서도 리미널 스페이스는 배경으로 사용된다. 인터넷 예술 운동이 확장되면서 리미널 스페이스를 사용하지 않는 경우도 많아졌지만 이 사조의 기저에는 리미널 스페이스라는 공간이 도사리고 있다.

리미널은 라틴어 리멘(limen)에서 나온 단어로 문턱을 의미한다. 리미널리티는 이미 인류학 또는 심리학에서 하나의 개념으로 자리 잡은 용어로 사회인류학자인 빅터 터너는 의례 또는 사회적 단계에서 리미널한 과정을 강조한다. 리미널리티는 이전 상태는 더 이상 기능하지 않고 다음 단계는 오지 않은 전이 단계를 의미한다.

어떤 것도 명확히 정의되지 않은 상태로 모호한 잠재력만이 부유하며 사회적 지위나 문화적 속성을 거의 지니고 있지 않은 단계. 리미널한 단계는 일시적이고 잠정적이며 그 때문에 압축적이고 비일상적인 상황, 일탈, 흥분 등이 허용되기도 한다. 어릴 적에 어른들이 문지방에 서 있으면 부정 탄다고 했던 기억을 떠올려보자. 리미널 스페이스는 우리가 반드시 통과해야 하는 곳이지만 일정 시간 이상 머무르면 안 되는 장소다.

미국판 디시라고 할 수 있는 레딧의 리미널 스페이스 게시판은 2019년 8월 14일에 개설됐으며 팔로워는 31만이다. 트위터의 리미널 스페이스 봇은 2020년 8월에 가입했으며 팔로워는 42.2만이다. 확인되지 않은 정보에 의하면 "저주받은 이미지"(cursed image)라는 이름으로 리미널한 공간들의 사진이 떠돌아다니기 시작한 것은 2018년부터다. 웹에서 떠도는 리미널 스페이스의 사진은 대부분 텅 빈 건물 복도, 호텔 로비, 대기실, 끝없이 이어지는 새벽의 어느 국도, 영업이 끝난 쇼핑몰의 내부, 고층 빌딩의 계단실 따위다. 대부분 인적이 없고 시간대를 알 수 없으며 저화질의 조악한 이미지다. 사진을 보고 있으면 징징 울리는 형광등 소리나 지하에서 웅 하고 돌아가는 발전기 소리가 들릴 것 같은 그런 공간들.

이런 공간들이 으스스하게 느껴지는 건 당연하다. 빅터 터너의 정의대로 리미널 스페이스는 필수적이지만 오래 머물면 안 되는 공간이다. 병원 대기실에서 순서를 기다릴 때의 심정을 생각해보라. 대기실에 아무도 없고 당신의 순서가 영원히 오지 않는다면? 문득 정신을 차렸는데 병원 안에 아무도 없다면? 어떤 건물의 엘리베이터에서 내렸는데 복도만 끝없이 이어진다면? 방문을 열면 또 복도가 나오고 방문을 열면 또 복도가 나오고…

웹의 리미널 스페이스 체험기에서 공통적으로 언급되는 현상은 시간성 혼란이다. 시간이 갈 곳을 잃은 느낌. 그러니까 시간과 공간은 연결되어 있다. 공간이 정체성을 잃으면 시간도 방향을 상실한다. 리미널 스페이스를 배경으로 한 이미지들에서 기이한 노스탤지어가 느껴지는 것은 그 때문이다. 리미널리티가 오래 지속될수록 과거와 미래는 혼재된 상태로 희미해지고 악몽과 같은 현실의 시간은 무한히 확장된다.

흥미로운 건 왜 하필 지금 인터넷에서 리미널 스페이스가 출몰하고 있는가 하는 점이다.

⊹

위어드 코어나 드림 코어 등의 미학은 그 아카이브적 속성 때문에 음악 장르의 하나인 혼톨로지와 유사하게 보이기도 한다. 혼톨로지는 음악평론가 사이먼 레이놀즈와 문화비평가 마크 피셔가 2005년 창안한 개념으로 아카이브를 뒤져 찾아낸 사운드에 디지털과 아날로그를 혼합해 재창조한 일종의 음악 장르다. 기이한 노스탤지어를 불러일으키고 특정 과거의 형상을 유령 같은 형태로 부활시킨다. 혼톨로지의 음향은 미래의 것처럼 들리지만 이미 낡아 있다. 다시 말해, 미래라는 시간성의 자살.

그러나 리미널 스페이스는 혼톨로지와는 다르다. 리미널 스페이스가 시간성의 혼란을 불러일으키는 것은 그곳이 양쪽 모두에 속하지 않은 영원한 대기, 이행의 시간을 만들어내기 때문이다. 리미널 스페이스의 아카이브적 속성 역시 혼톨로지에 비해 정체가 훨씬 불분명하다. 혼톨로지가 과거의 특정 음향과 비트에 매력을 느낀다면 리미널 스페이스는 건축적으로 뭐라 말하기 힘들만큼 단조로운 경우가 많다. 많은 경우 80, 90년대 북미의 공간을 다루고 있음에도 이 공간들은 그 특성을 희미하게 만드는 데 열중하는 것처럼 보인다.

리미널 스페이스를 존재론적 불안정성이 일상이 되어버린 자본주의 시대의 증상이라고 생각할 수 있을까? 마크 피셔는 『자본주의 리얼리즘』에서 이런 증상을 현재적인 것과 즉각적인 것만 특권화하는 문화 또는 회고에만 몰두하는 문화라고 말한다. 새로운 것은 만들어낼 수 없으며 냉소적으로 현재에 만족해버리는 문화. 리미널 스페이스는 과거도 미래도 상실한 세대가 영원한 이행기에 정체된 현실을 보여주는 일종의 은유일까.

하지만 이러한 결론은 리미널 스페이스에 몰두하고 이를 토대로 온갖 파생품을 만들어내고 있는 특정 감각을 지나치게 과소평가하거나 이데올로기적 문제로 한정시킨다. 리미널리티에는 놀이라는 요소가 존재한다. 일견 무의미하고 냉소적으로 보이는 이 놀이는 빅터 터너가 규정한 인간적 상호관계의 양식인 코뮤니타스와 같은 공동체가 자유나 평등, 동질성 등을 학습하는 형식이 되며 더 나아가 문화적 변환의 씨앗이 되기도 한다.

다시 말해, 리미널 스페이스가 배회하고 확장되고 있다는 사실은 사회가 경계 영역 속으로 진입했다는 뜻이며 이 공간 안에서 이루어지는 감각과 놀이가 사회를 변화시킬 수도 있다는 의미일지도 모른다. 물론 문제는 있다. 변화가 늘 좋은 건 아니라는 사실, 그리고 어쩌면 우리가 리미널 스페이스의 불안을 즐기고 있을지도 모른다는 사실이다. ㅓ

저격수의 골목 – 공간과 기억

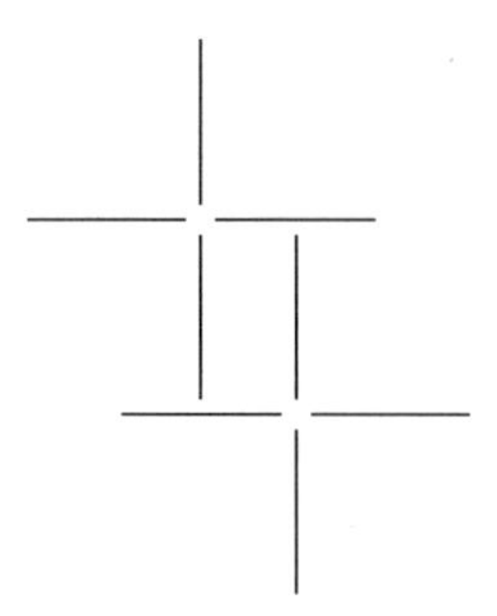

⊹

간단한 사고 실험을 해보자. 당신은 어떤 프로젝트 때문에 외국에 체류 중이다. 어느 날 당신은 뉴스를 보게 된다. 남한에서 전쟁이 일어난 것이다. 서울은 폭격과 전투로 쑥대밭이 됐고 국경은 봉쇄됐다. 이제 여권은 휴지 조각에 불과하며 당신은 난민과 다름없는 신세가 된다.

망명지에 있는 국제기구의 인권 연구소에서 당신을 호출한다. 전쟁 범죄의 증거 자료를 수집 중인 연구소는 당신에게 서울을 찍은 여러 장의 사진을 건넨다. 익숙한 거리와 건물들이지만 어딘가 낯설다. 아파트 단지는 폐허가 됐고 한강을 잇는 다리는 끊겼으며 광화문 광장은 불타고 부서진 잔해로 가득하다. 연구소에서는 사진 속 장소의 정확한 위치와 건물의 용도 따위를 기록해달라고 요청한다.

당신은 얼마나 정확하게 기억할 수 있을까. 매일 지나다녔던 골목의 건물이 어느 날 사라지고 없다면, 당신은 그 건물이 몇 층이었는지, 입구는 어땠고 용도는 무엇이었는지 기억할 수 있을까. 공간의 기억을 되짚을 때 당신의 머릿속에 제일 먼저 떠오르는 건 무엇일까.

✧

일어날 법하지 않은 일이라고 생각할 수 있지만 보스니아 출신의 작가 알렉산다르 헤몬은 실제로 위와 같은 일을 겪었다. 사라예보에서 태어나고 자란 그가 1992년 연수 프로그램을 위해 시카고로 떠났고 얼마 지나지 않아 길고 끔찍한 보스니아 내전이 터졌다. 그는 전쟁 범죄 증거를 수집하는 국제 인권법 연구소에서 폐허가 된 도시의 사진을 확인하는 일을 했다. 사진 속에 사람은 거의 없었다. 그러나 어쩐지 사체의 신원을 파악하는 기분이었다. 아무리 애를 써도 기억나지 않는 건물도 있었고 냄새가 코를 맴돌 정도로 선명한 건물도 있었다. 고등학교 시절 여자친구 레나타를 기다리던 모퉁이 건물이 그랬다. 레나타는 항상 늦었고 그럴 때면 헤몬은 1층 슈퍼마켓에 들어가 사탕이나 담배를 샀다. 사진을 보는 순간 건물 벽에 기대 말던 담뱃잎의 향이 콧속으로 훅 끼쳤다.

나는 헤몬의 경험에 착안해 소설을 구상했다. 주인공은 자신이 살던 도시를 기억해야 하는 일을 부여받은 사람이다. 그는 건물의 용도나 위치를 표시하고 기록하는 정도를 넘어, 도시를 실제와 거의 동일하게 재현해야 하는 의무를 부여받는다. 기관은 이를 위해 텅 빈 사막의 거대한 부지를 내준다. 건축가, 도시계획가, 조경전문가, 시공업체, 기타 부서들이 따라붙는다. 그들은 당신의 기억에 따라 사막에 도시를 지을 준비를 끝냈다. 이제 남은 건 기억 속의 공간을 떠올리는 일뿐이다.

+

고통은 사람들이 사는 장소와 연관된다. 데이비드 실즈의 말이다. 그래서 사람들은 여행을 떠난다. 자신의 슬픔을 몽땅 흡수한 듯이 보이는 장소, 사물들로부터 달아나기 위해서 말이다. 내 소설의 주인공 역시 소설 후반에 이르러 기억하고자 애쓰는 도시의 풍경, 재현하고자 하는 세부, 그러나 떠오르지 않는 공백에 어떠한 슬픔이 있다는 사실을 알게 된다. 공간의 디테일과 함께 슬픔의 정확한 내용도 망각해버렸지만 말이다. 그러므로 도시와 공간을 재현하는 것은 곧 잊힌 기억, 망각과 트라우마, 상실을 다루는 일이라는 사실을 주인공은 깨닫는다.

꽤나 진행된 것처럼 말했지만 사실 나는 이 소설을 한 줄도 쓰지 않았다. '저격수의 골목'이라는 그럴듯한 가제도 있지만 솔직히 말하면 쓸 수 있을지 모르겠다. 쥐꼬리만 한 원고료, 빡빡한 스케줄, 저조한 책 판매량 등등 이유는 많지만 가장 큰 문제는 공간을 기억하는 행위의 모호성 때문이다. 공간은 무엇을 의미할까. 그곳의 물리적 조건일까, 반복적으로 수행한 행위일까 아니면 특정 사건일까. 단지 그 건물을 다시 짓는 거라면 문제가 쉬울 것이다. 그러나 시간과 장소, 환경과 맥락이 달라진다면 그곳을 동일한 공간이라고 할 수 있을까. 그러므로 공간을 재현하는 것은 단순히 건물이나 도시를 짓는 것과 다르다. 그런 시도에는 언제나 숨겨진 목적이 있다.

⊹

1921년, 체코 출신의 건축가 안토닌 레이먼드는 전설적인 미국 건축가 프랭크 로이드 라이트를 따라 도쿄에 도착한다. 제국호텔을 설계하기 위한 프로젝트를 함께하게 된 것이다. 이 과정에서 레이먼드는 일본의 건축과 문화에 반해 아예 도쿄에 건축 사무실을 차리고 20년간 머물게 된다. 그가 도쿄를 떠난 건 제2차 세계대전 때문에 미국과 일본의 사이가 완전히 틀어진 이후다.

미국으로 돌아온 레이먼드는 1943년 미 육군으로부터 기밀 프로젝트를 의뢰받는다. 프로젝트 명은 "재팬 빌리지". 스탠더드 오일이 후원한 이 대규모 건설 프로젝트는 유타주의 사막에 도쿄와 유사한 구조의 전통 목조가옥 거리를 짓는 일이었다.

미 육군의 목적은 M-69와 같은 소이탄의 성능을 점검하는 것이었다. 다다미와 후스마 등 가옥 내부까지 정확히 동일한 일본식 마을을 설계해 폭탄의 성능을 정밀하게 파악하려고 했던 것이다. 한마디로 재팬 빌리지는 파괴되기 위해 건설됐다. 안토닌 레이먼드는 20년간 쌓아온 노하우를 바탕으로 재팬 빌리지 프로젝트에 참여했다.

훗날 레이먼드는 프로젝트의 성격을 알고 있었다는 걸 인정하며, 전쟁을 빨리 종식시키기 위한 어쩔 수 없는 선택이었다고 말했다. 그러나 도쿄 대공습은 제2차 세계대전을 통틀어 가장 대규모의 학살 중 하나였다. 민간인 약 10만 명이 사망했고 하룻밤 사이에 41제곱킬로미터에 달하는 지역이 파괴됐다. 당시 작전을 진행한 커티스 르메이 장군은 민간인 피해를 염려하는 말에 대해 "무고한 민간인은 없다"라고 말한 것으로 유명하다. 스탠리 큐브릭의 영화 「닥터 스트레인지러브」의 미치광이 전쟁광 장군은 르메이를 모델로 만든 것이다.

안토닌 레이먼드는 종전 후 일본으로 돌아왔다. 자신의 과오를 반성하기 위해서인지, 일본에 대한 사랑 때문인지, 아니면 폐허가 된 도쿄에 일거리가 많아서인지는 정확히 알 수 없다. 당시 일본인들이 그가 저지른 짓을 어느 정도까지 알고 있었는지 역시 알 수 없다. 지금에 와서 그가 위선적이었는지, 진심으로 반성했는지를 따져 물을 수 없을 것이다.

내게 흥미로운 건 그가 공간을 반복해서 기억해야 했다는 사실이다. 처음에는 파괴로, 다음에는 재건으로. 헤몬과 레이먼드의 사례는 공간을 기억하는 행위가 물리적인 차원을 넘어선다는 사실을 보여준다. 공간의 기억은 언제나 폐허, 단절, 파괴, 이주, 고통과 연결된다. 그곳을 떠날 수밖에 없었기 때문에, 다시 그곳으로 돌아갈 방법은 존재하지 않기 때문에. ㅓ

역사의 대기실 – 크라카우어를 통해

✢

실현되지 않은 구상만큼 매력적인 건 없다. 갑작스러운 죽음을 맞은 작가의 미완성 작품, 도면으로만 남은 유토피아적 기획, 투자자를 찾는 데 실패한 장대한 규모의 시나리오, 심의를 통과하지 못한 전시 기획. 내게도 그런 구상이 있다. 실현하기 위해 노력한 적은 없지만 말이다.

구상은 다음과 같다. 성별, 연령, 활동 영역이 상이한 건축가들에게 대기실 제작을 의뢰할 것. 여기서 대기실은 진짜 대기실이라기보다(물론 진짜 대기실을 만들어도 상관없다) 개념적인 의미에서의 대기실, 전시를 위한 작품으로서의 대기실이다. 대기실을 만들기 위한 지침은 문화사회학자 지그프리트 크라카우어의 개념에서 가져온다. 그는 미완성 유작『역사: 끝에서 두 번째 세계』에서 역사를 "대기실"로 정의했다. 또는 가장 유의미하고 흥미롭다고 생각한 역사의 시공이 대기실의 특성을 가진다고 주장했다.

그러므로 의뢰는 이렇게 정리할 수 있을 것이다. 역사의 대기실을 물질-건축물의 형태로 구현할 것. 이 의뢰의 구체적인 지침을 이야기하기 위해서 지그프리트 크라카우어에 대해 조금 더 알아보자.

⊹

크라카우어에 대해 가장 잘 알려진 정의는 발터 벤야민이 한 말이다. 벤야민은 크라카우어의 초기 저서 『사무직 노동자』(1930)를 상찬하면서 "새벽의 넝마주이"라는 명칭을 부여했다. 잊히고 흩어진 역사의 파편을 쇠꼬챙이로 길어 올린다는 의미에서였다. 이 명칭은 역사를 서술하는 크라카우어의 독특한 시각을 잘 규정한다. 『사무직 노동자』는 그전까지 누구도 주목하지 않은 새로운 종류의 노동자, 역사에 끼치는 영향이 미미할 뿐 아니라 등장한 지 얼마 되지 않은 직업군을 조명한 독특한 형태의 사회학적이고 인류학적인 저서였다(이 말은 사회학과 인류학 모두에서 그의 저서를 인정하지 않았다는 의미이기도 하다). 크라카우어는 넝마주이답게 주류 역사나 이론이 외면한 세계를 관찰하고 사료를 수집했고 소외된 존재들에게 의미를 부여했다. 그러나 크라카우어 본인은 친구인 벤야민이 붙여준 넝마주이라는 별명을 탐탁지 않아 했을 것이다. 넝마주이라는 말에는 미시적인 접근만을 높이 평가하는 뉘앙스가 깔려 있기 때문이다. 크라카우어는 미시사와 거시사라는 구분과 하나의 방법론을 선택해야 한다는 생각을 거부했다. 이 넝마주이는 넝마 하나를 집어 올리면 세계의 핵심이 줄줄이 딸려 나온다고 믿었다.

아마 지그프리트 크라카우어만큼 정의하기 애매한 지식인

도 없을 것이다. 그는 바이마르 공화국 시절 가장 널리 알려진 기자였지만 기자라는 직업을 혐오했고(그가 맡은 일은 문예면의 비평 지면이었다) 사회학과 철학 논문을 썼지만 학계와 거리가 멀었다. 호평을 받은 소설을 썼지만 문학계와 연루되지도 않았고 영화 분야의 기념비적인 저술을 썼지만 아무도 그를 영화인이라고 생각하지 않았다. 개인적인 삶 역시 비슷했는데 유대계 독일인이었지만 유대인으로서의 정체성, 유대교 신앙과 거리를 뒀고(물론 나치 독일 역시 극도로 혐오했으며) 좌파 쪽의 의견에 대체로 동조했지만 마르크스주의자나 소비에트 계열의 독일 급진좌파들에게는 기회주의자로 비판받았다. 프랑스와 미국에서 망명자로 지내던 시절 대부분 무명 프리랜서로 글을 썼지만 전쟁이 끝난 뒤에도 자신의 동료인 아도르노 등과 달리 유럽으로 돌아가지 않았고("유럽인들은 새로운 것을 받아들이는 능력을 잃었다. 유럽에서는 질식할 것 같다") 말더듬증이 있어 교수직은커녕 강연도 제대로 한 적 없었다. 요컨대 그는 오로지 관찰하고 생각하고 썼으며 그것도 어딘가에 한 번도 속하거나 뿌리내린 적 없이 그렇게 했다. 그렇다고 그를 단순히 아웃사이더로 분류할 수 없을 것이다. 그가 기자로 활동한 신문은 바이마르 공화국 당시 광범위한 영향을 끼친 『프랑크푸르터 차이퉁』이었고 그를 철학적 스승으로 생각한 아도르노는 세계적인 지식인이었으며 이론적 저서들은 많은 경우 학계와 대중에게 화제를 불러일으켰기 때문이다.

그러니까 크라카우어는 우리가 흔히 추켜올리는 종류의 인물, 소외받고 실패한 외톨이 지적 영웅과 거리가 멀다. 그의 이력이 프랑크푸르트학파처럼 화려하진 않지만 발터 벤야민처럼 비극적이지도 않다. 크라카우어의 이러한 삶의 궤적은 곧장 그가 세계를 바라보는 관점과 연결된다. 어쩌면 관점이 그의 삶을 이율배반적이고 유동하는 형태로 조형했는지도 모른다.

크라카우어는 「기다리는 자들」이라는 에세이에서 지식인을 "주저하면서도 열려 있는 상태로" 무언가를 기다리는 사람이라고 정의한다. 중요한 점은 이 기다림이 끝이 있는 종류의 것이 아니라는 것이다. 기다림이 끝나고 진실 또는 진리가 도래하는 순간, 지식인은 다시 새로운 사유의 가능성을 찾아 떠나야 한다. "진실이 교리가 됨으로써 진실의 표식인 애매성을 잃어버리는 바로 그 순간, 진실은 더 이상 진실이 아니"기 때문이다. 그가 역사를 중간계의 영역이자 "대기실"로 의미화한 것은 이러한 이유에서였다.

⊹

그런데 왜 하필이면 대기실일까? 크라카우어의 아이디어는 여타 개념들과 달리 공간적 특성을 띠고 있다. 그리고 어쩌면 이것은 그가 경력을 건축가로 시작했다는 점과 연관 있을지도 모른다. 이후의 삶에는 드러나지 않지만 사실 그는 건축으로 박사 학위를 받았고 4년 정도 건축가로 일하기도 했다. 예상과 달리 건축 일이 맞지 않아 일찍 그만두긴 했지만 말이다.

크라카우어에게 역사는 인과에 따라 시간순으로 사건이 일어나는 연속적 과정이 아니라 우연과 필연, 미래와 과거가 서로 배신하고 뒤엉키는 이율배반적인 현상이었다. 따라서 중요한 건 역사의 법칙이 아니라 변화하는 패턴과 배치이며 실현된 사건의 연쇄가 아니라 실현되지 않는 가능성들의 집합이었다. 그러므로 그에게 필요한 건 역사적 유물론이나 문명의 주기와 같은 하나의 완료된 이론이 아닌, 수많은 이데올로기와 사건이 상존할 수 있는 장소였다. "나는 위대한 이데올로기 운동들의 태동기, 이데올로기가 제도화되기에 앞서 여러 이념들이 우위를 다투던 그 시대에 흥미를 느낀다. 또 나는 승리한 이데올로기가 어떠한 행보를 따랐는가보다는, 그 이데올로기가 출현했을 당시 논쟁 사안이 무엇이었는가에 더 흥미를 느낀다. 이때 내가 강조하는 것은 역사가 검토해보지 않았던 가능성들이다."

그러므로 크라카우어의 대기실은 우리가 미처 가지 못한 경로들, 부르지 못한 이름들, 보지 못한 풍경들이 여전히 남아 자신의 순서를 기다리는 곳이다. 대기실 밖에는 연회장이나 공연장, 발표회장 등 어떤 것도 있을 수 있으나 공연이 끝나면 누구나 대기실로 돌아올 수밖에 없다. 그 다음 차례는 누가 될지 모르고, 어떤 사람은 영원히 기다려야 하며 어떤 사람은 여러 번 불려 나갈 수도 있다. 그러나 무대의 뒤편에는 언제나 가능성들로 가득한 대기실이 존재한다. 크라카우어에 따르면 이러한 대기실이야말로 "우리가 숨 쉬고 움직이고 살아가는 곳"이다. ㅓ

완전히 자동화된 화려한 공간

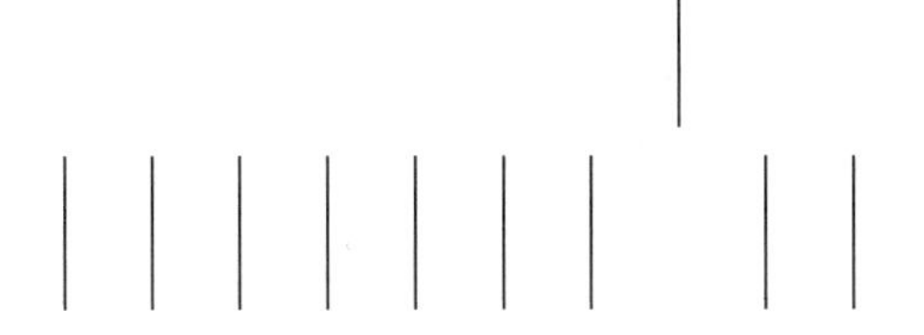

⊹

자주 가는 카페에 키오스크가 생겼다. 안내문에는 모든 주문을 키오스크로 해달라는 지시 사항이 있었다. 자동화를 비인간적이라고 보는 사람도 있지만 스몰토크를 부담스러워하는 나 같은 사람은 솔직히 비대면이 더 편하다. 단골 가게에서의 정감 어린 대화나 안부 인사는 옛말이다. 소통은 SNS만으로도 벅차다.

문제는 키오스크로 대체되고 난 뒤 더 오랜 시간이 걸린다는 사실이다. 간소화될 줄 알았던 주문은 메뉴 선택 사이에 끼워 넣은 마케팅 요소들로 복잡해졌고 기계에 익숙하지 않은 사람들은 1분이면 끝날 주문을 10분 동안 한다. 키오스크가 고장나거나 버퍼링이 있는 경우도 다반사다.

물론 기술은 만만치 않다. 최근 우주여행에서 귀환한 제프 베이조스의 아마존은 2016년 완전 무인점포를 표방하는 아마존고를 오픈했다. 아마존고는 카메라와 블랙박스 센서들이 고객들의 행동을 파악해 선택한 상품을 자동 결제한다. 2021년 한국에도 아마존고와 동일한 무인 매장이 오픈했다. 더현대 서울의 언커먼스토어는 현대와 아마존의 기술협약으로 만들어진 편의점이다. 방식은 아마존고와 동일하다. 앱을 깔고 카드를 등록한 후 QR코드를 찍고 입장. 원하는 물건이 있으면 그냥 들고 나오면 자동으로 계산 끝.

10평 남짓한 언커먼스토어에 무인 시스템을 설치하는 데 3억 정도의 비용이 들었다고 한다(AI 카메라 40대와 무게 감지 센서 150여 개가 동원됐다). 일반 매장이 감당하기 어려운 수준이지만 기술은 발전하고 단가는 내려갈 것이다. 다시 말해 완전 자동화된 상점이 생길 날이 멀지 않았다. 최저임금이 올라서 망한다는 사업주들에게는 행복한 소식이다. 불평도 안 하고 돈도 안 드는 직원이 생기니까 말이다.

⊹

자동화와 관련한 가장 유명한 일화는 1950년대 헨리 포드 2세와 전미자동차노조 위원장 월터 로이터의 대화다. 헨리 포드 2세는 산업 로봇이 설치된 새공장을 자랑하며 말했다. 기계가 노조에 가입할 필요가 있겠습니까? 월터 로이터는 웃으며 반문했다. 그러게요. 그런데 저 기계들이 자동차를 살까요?

이 일화는 자동화의 기본적인 모순을 보여준다. 고용주는 비용이 적게 드는 직원과 구매력 있는 소비자를 원하지만 둘 다 가질 수 없다. 쉽게 말해 당신의 직원이 곧 당신의 소비자다. 그런 면에서 헨리 포드 2세의 할아버지인 헨리 포드는 손자보다 훨씬 똑똑했다. 그는 당시 그 어느 기업보다 파격적인 임금 인상을 단행했다.

자동화와 관련한 일화는 또 있다. 백남준은 일찍이 로봇을 만들어 퍼포먼스를 선보였다. 한 기자가 물었다. 로봇이 사람들의 일자리를 빼앗으면 어떡합니까? 백남준이 말했다. 걱정마라. 이 로봇을 움직이는 데 다섯의 사람이 필요하다!

그러니까 사실 자동화의 문제는 실업이 아닐지도 모른다. 산업 구조가 변하면 초기에는 실업이 발생하지만 복지나 새로운 일자리 등의 대안이 이를 해결(해야)한다. 자본주의에 필수적인 요소는 노동자가 아니라 소비자니까. 문제는 다른 곳에 있다. 가상현실의 최초 고안자인 재런 러니어는 묻는다. 진짜 문제는 얼마나 많은 것들이 자동화되어서 일자리를 뺏을 것인가가 아니다. 궁극에는 자동화되지 않을 것이 하나라도 남아 있을 것인가, 이다.

『미래는 누구의 것인가』에서 재런 러니어는 이 문제를 진지하게 제기한다. 기술이 발달해 기계가 기계를 만들고, AI가 AI를 만드는 수준에 이르면 지금 사람이 하는 모든 일을 기계가 할 수 있을 것이다.

일반적으로 생각했을 때 이런 미래는 디스토피아다. 그러나 『완전히 자동화된 화려한 공산주의』의 저자 아론 바스타니는 다르게 생각한다. 그는 자동화야말로 공산주의 "유토피아"로 가는 지름길이라고 주장한다. 비꼬거나 반어적인 의미에서가 아니라 진심으로. 심지어 마르크스는 200년 전에 이러한 사태를 예견했다. 미완성 유고로 남은 『정치경제학 비판 요강』의 짧은 글 「기계에 관한 단상」에는 다음과 같은 구절이 나온다. "이런 상황은 노동이 해방됨으로써 얻는 혜택에 기여할 것이며, 노동 해방을 위한 조건이기도 하다."① 자본주의가 극도로 발달하면 공산주의가 실현될 수밖에 없다는 마르크스의 유명한 진단은 기술 발전의 끝에 이른 자동화에 대한 이야기다. 노동과 여가를 가르는 구분이 끝날 것이며 고전 경제학의 핵심인 희소성 역시 종말을 고할 것이다. 노동은 일이 아니라 놀이가 될 것이다. 아론 바스타니는 기술을 현명하게 사용하면 빈곤이나 불평등은 물론 환경오염과 자원 고갈까지 모든 문제를 해결할 수 있다고 주장한다. 그러므로 공산주의는 완전 자동화 시대의 꿈이다. 미래의 인간은 평등하고 풍요로운 세상에서 순수하게 창조로서의 놀이에 몰두할 것이다.

⊹

3인칭 슈팅게임인 포트나이트는 메타버스 트렌드를 주도하는 미래 미디어로 주목받고 있다. 2020년 기준 사용자 수가 3억 5천만 명이 넘었으며 미국 청소년의 40퍼센트가 전체 여가의 25퍼센트를 포트나이트 안에서 보낸다. 포트나이트는 게임이자 소셜플랫폼이며 OTT다(포트나이트에서 열린 트래비스 스콧의 콘서트에는 2,770만 명이 참여했다).

포트나이트에는 포크리라는 크리에이티브 모드가 있다. 맵을 자유롭게 편집할 수 있는 게임 모드로 유저에게 자원이 무한으로 제공된다. "멋진 아이디어가 있다면, 나의 섬에서 새롭게 만들어 보세요. 포크리 모드에서 즐거운 시간을 보내는 한, 여러분은 상상을 끝없이 펼칠 수 있습니다."②

포크리 모드는 아론 바스타니가 『완전히 자동화된 화려한 공산주의』에서 말하는 공산주의와 거의 동일하다. "정보와 노동, 자원의 무한 공급."③ 이른바 완전히 자동화된 화려한 공간. 물론 최상의 시나리오가 실현되었을 때의 이야기다. 있을 수 없는 일이라고 비판하는 건 쉽다. 그러나 생각을 급진화해보자. 그런 일이 불가능할 거라는 상식적인 비판보다(너무 상식적이라 생각할 거리가 없다)

완전 자동화가 이루어졌을 때 실제 우리 삶이 어떻게 될지를 상상해 보는 것이 더 중요하다. 우리 삶이 진짜 포크리 모드가 된다면? 모든 상점과 공장, 회사에 일하는 사람이 아무도 없다면?

포트나이트 유저에게 가장 중요한 건 공간 구축 능력이다. 유저는 자신만의 세계를 건설하고 전능을 체험하며 다른 유저들의 세계(게임 속의 게임)를 즐기고 다시 건설한다. 이 끝없는 유희의 순환 고리에서 소비자/창조자는 "상상을 끝없이 펼칠 수" 있다고 개발자는 말한다. 단 한계는 있다. 모든 소비와 창조가 게임의 조건 안에서 이루어지며 게임 자체에는 영향을 줄 수 없다는 것. 그렇다면 이때의 전능성은 사실 무능력 아닐까. 완전히 자동화된 화려한 공간의 실체는 어쩌면 여기에 있는지도 모른다. 모든 걸 할 수 있지만 어떤 의미도 존재하지 않는 것, 소비자로서의 정체성을 빼면 우리는 더 이상 필요한 존재가 아니라는 사실. 우리가 더 이상 신을 필요로 하지 않듯이 말이다.

ㄱ

건축 vs 정치 – 문다네움 어페어

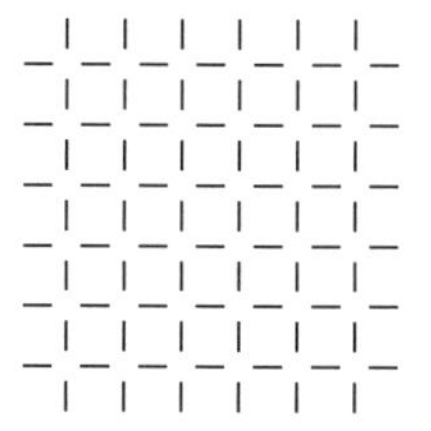

⊹

1928년, 르 코르뷔지에는 제네바에 위치하게 될 국제 연맹의 본부이자 정보 우주의 집적인 도시-건물 복합체 "세계 도시"(Cité Mondiale)의 핵심인 문다네움(Mundaneum) 프로젝트를 제안한다. 르 코르뷔지에의 계획은 체코와 러시아의 아방가르드인 카렐 타이게와 엘 리시츠키의 대대적인 비판을 받으며 양 그룹 간의 논쟁을 촉발한다. 범박하게 요약하면 휴머니즘적 모더니즘과 급진적 기능주의, 자유주의와 마르크스주의 간의 충돌이라고 할 수 있는 이 논쟁은 실은 예술과 정치, 기술, 이념을 둘러싼 복잡한 층위의 충돌이었다. 역사는 이를 '문다네움 어페어'라고 부른다. 문다네움 프로젝트는 벨기에의 이상주의적 서지학자이자 국제주의자인 폴 오틀레의 의뢰에서 시작된 것이다. 그러므로 이 사건에 대해 알기 위해선 폴 오틀레와 그의 이상주의적 계획에 대해 먼저 알 필요가 있다.

⊹

인터넷의 시작은 미 국방부의 군사용 네트워크인 아르파넷(ARPAnet)으로 알려져 있다. 이 사실은 우리의 삶을 바꾼 기술 중 많은 부분이 전쟁에 의해 개발되고 발전했다는 근거로 자주 언급된다. 프리드리히 키틀러나 폴 비릴리오 같은 철학자는 전쟁과 전쟁의 부산물을 인류 발전의(또는 타락의) 어머니로 생각한다. 인터넷의 경우에는 이런 생각이 맞는 것처럼 보인다. 인터넷은 전쟁 기술이라는 태생적인 원죄를 가지고 있는 셈이니까 말이다. 그런 측면에서 폴 오틀레라는 잊힌 이상주의자를 처음 발견했을 때 구글을 비롯한 IT 기업들, 해커들, 기술주의자들은 쾌재를 불렀다. 폴 오틀레는 기술적 이상이 전쟁과 정반대의 곳인 평화에서 시작될 수도 있음을 뜻하는 인물이기 때문이다.

벨기에의 서지학자이자 국제주의자인 폴 오틀레는 지금도 사용되는 국제십진분류법을 만든 사람이다. 또한 노벨평화상을 받은 앙리 라퐁텐의 동료로 유네스코의 전신인 국제지적협력기구를 설립한 인물이기도 하다. 그러나 현재의 역사는 그의 성공한 업적이 아니라 실패한 공상에 주목한다. 서지학자로서 지식과 정보의 자유로운 이용에 관심이 많았던 폴 오틀레는 벨기에 정부의 지원을 받아 책, 신문, 잡지, 엽서, 포스터, 광고 전단 등 저장 가능한 세계의 모든 정보를 모은 지식 박물관 '문다네움'을 만든다. 문다네움의 자료들은 3×5인치 크기의 색인 카드 1500만 개로 상세하게 연결되어 다양한 경로로 접근 가능했다. 폴 오틀레는 이 색인 카드 시스템을 레조(reseau)라고 불렀다. 레조는 그물 혹은 네트워크라는 의미다.

또한 폴 오틀레는 요청하는 사람들에게 정보를 배달하는 우편 시스템도 운영했으며 더 나아가 정보를 촬영하고 저장해 모든 사람이 집의 안락의자에 앉아 열람할 수 있는 '일렉트릭 텔레스코프'(electric telescope)를 구상했다. 구글의 전신인 셈이다.

중요한 건 이 모든 구상이 지금 우리가 아는 인터넷의 기원과 전혀 상관없는 곳에서, 19세기 말 벨 에포크의 문화적이고 지적인 세계에 기반한 어떤 이상주의자 손에 의해 이루어졌다는 사실이다. 폴 오틀레는 모든 정보를 모든 사람이 무료로 이용할 수 있는 시스템을 꿈꿨고 이 시스템이 평화에 이바지할 거라고 믿었다. 그가 벨기에를 떠나 중립국인 스위스 제네바에 세계 도시와 문다네움을 지을 생각을 한 것도 이 때문이었다. 그러나 폴 오틀레는 시대를 지나치게 앞섰다. 세계 도시 프로젝트는 좌초됐고 문다네움은 1944년 나치에 의해 폐쇄됐다. 나치는 문다네움을 쓰레기 더미라고 생각했다.

⊹

문다네움 프로젝트를 비판한 카렐 타이게의 논지는 간단했다. 우선 그는 르 코르뷔지에를 위시한 국제주의 1세대 건축가들의 철학을 믿지 않았다. 살기 위한 기계? 천만에! 골프나 치러 다니는 금융 귀족들이 뽐내기 위한 화려한 집에 불과하다! 그가 보기엔 문다네움 플랜도 다를 바 없었다. 르 코르뷔지에의 도면 속 문다네움은 멕시코의 고대 유적을 흉내 낸, 기능적 정당성이 없는 형이상학적인 건축물이었다. 피라미드를 연상케 하는 나선형 구조의 문다네움은 단지 모뉴먼트를 욕망하는 건축일 뿐이라는 거다.

르 코르뷔지에는 좀 억울했던 모양이다. 그는 여러 번에 걸쳐 공식적인 반박 글을 냈고(논리적으로 형편없었다) 1929년 부에노스아이레스에서 진행한 강연 '세계도시와 즉흥적인 고찰'에서도 극좌파 건축가들이 자신을 맹렬하게 비난했다고 불평했다. 그는 문다네움이 엄격하게 실용적이고 기능적으로 설계된 기계라고 옹호했다. 문다네움이 고대 모뉴먼트처럼 장엄함을 느끼게 한다면 조화와 통일성을 갖춘 진정한 기계들이기 때문이라고 말이다.

건축비평가이자 철학자인 야나 바렌코바는 둘 사이의 논쟁은 결국 건축의 정치성에 대한 견해 차이였다고 말한다. 르 코르뷔지에에게 건축과 혁명이 양자택일의 문제였다면 카렐 타이게는 건축이 곧 혁명이 되어야 한다고 생각했다. 그들이 제시한 의견의 배면에는 건축과 예술, 정치를 바라보는 근본적인 의견 차가 있었다. 르 코르뷔지에는 건축이 비정치적일 수 있으며 나아가 정치보다 위에 존재할 수 있다고 생각했다. 여기서 중요한 건 르 코르뷔지에의 탈정치적 태도 자체가 아니라 어떻게 건축 또는 기능이 정치에서 분리될 수 있다고 생각했느냐에 있다. 문다네움 프로젝트는 그 이유를 드러낸다.

폴 오틀레를 인터넷의 숨겨진 아버지로 언급할 때 은근슬쩍 생략되는 부분이 있다. 그가 백인의 우월함을 주장한 인종차별주의자였다는 사실이다. 지금은 평화주의자와 인종차별주의자가 한 몸에 공존한다는 사실이 낯설게 느껴지지만 과거에는, 특히 20세기 초 서구 백인 남성 지식인에게는 자연스러운 일이었다. 폴 오틀레와 르 코르뷔지에가 결정적으로 통한 건 보편성, 순수성에 대한 관념이다. 스스로를 정치나 이념과 무관하다고 생각한 그들에게 탈정치화된 보편적 유토피아는 실현 가능한 이상이었다. 폴 오틀레는 정보의 확산을 통해, 르 코르뷔지에는 건축을 통해. 그러므로 사실상 르 코르뷔지에의 기능주의적 관점은 보편성에 대한 욕망에 다름 아니었다. 극도로 기능적이면 서정성에 이른다고 생각한 것 역시 이 때문이다. 카렐 타이게가 공격한 것은 바로 이러한 연결고리였다. 기능-건축-보편-영원(서정성). 카렐 타이게는 이것들이 모두 무관하거나 불가능하며 이데올로기와 경제적 고려 등과 연결된 극히 불투명하고 불순한 개념이라고 생각했다. 그런 이유에서 문다네움이 실현된다 해도 구상과는 다른 결과가 나올 것이라고, 카렐 타이게는 말했다.

폴 오틀레의 이상이 백 년이 지난 지금 구글에 의해서 이루어졌다는 사실은 무엇을 뜻할까. 르 코르뷔지에의 프로젝트가 사실상 구글 사옥을 설계한 것에 불과하다는 뜻일까. 우리는 이쯤에서 카렐 타이게의 비판이 적중했다는 말로 논쟁을 끝낼 수도 있다. 보편성과 순수성은 기득권자의 망상이며 불가능한 공상이라고 말이다. 그러나 기억해야 할 것은 폴 오틀레와 르 코르뷔지에의 비전 역시 한 시대의 영향으로 만들어진 것인 동시에 특정 아이디어와 프로젝트를 가동시키는 강력한 힘이었다는 사실이다. 우리가 기억하는 대부분의 건축/예술은 이러한 오류의 산물이다. ㅓ

상상으로서의 관광①

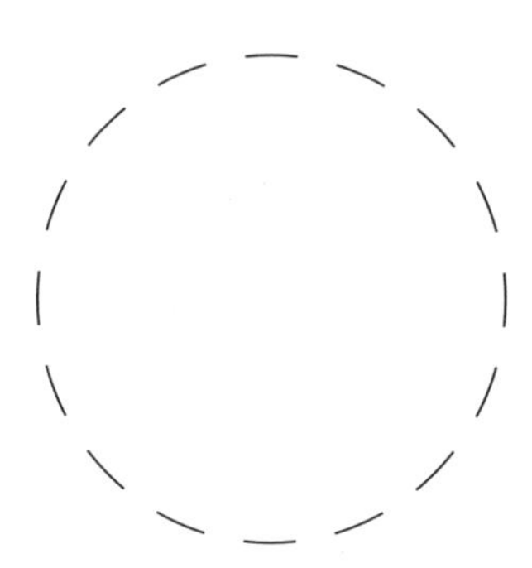

✢

서울에 사는 성인이라면 서울의 모든 지역을 갈 수 있지만 실제로 모든 곳을 가는 건 아니다. 우리는 가던 곳만 간다. 가끔 추천받은 식당이나 숍을 위해 새로운 동네를 가지만 큰 결심이 필요하다. 강북 사람들은 강남 갈 때마다 자기장을 통과하는 기분이라며 투덜대고 강남 사람들은 강북에도 그런 (좋은) 곳이 있어? 라고 반문한다. 지도 앱이 핸드폰에 저장되고 SNS와 연동된 현실의 구석구석이 개발되고 을지로, 성수, 연희의 숨은 가게들까지 찾아낼 수 있지만 그럼에도 불구하고 지도와 현실 사이의 공백은 여전히 존재한다. 물론 그곳들이 실제로 텅 비어(空白) 있는 건 아니다. 그러나 바로 옆에 있음에도 평생 존재하지 않는 곳이 있다.

2010년대 초반, 나는 서울역 맞은편 서울스퀘어에서 야간경비원으로 일했다. 짧은 기간이었지만 틈날 때마다 주변을 걸었다. 몇 년 후 '서울로7017'이 개장했고 소월로에 '피크닉' 같이 힙한 장소도 생겼다. 나는 경비원을 그만둔 후에도 종종 이 일대를 걸었다. 백범광장을 지나 남산도서관까지 갔고 서울로를 건너 피크닉에 갔으며 서울스퀘어를 보며 야간경비원으로 일한 시절을 떠올리기도 했다. 그러나 한 번도 동자동에는 가지 않았다. 서울역과 남산 사이, 서울스퀘어와 맞닿은 곳에 있는 지역인데도 말이다. 동자동이라는 이름도 몰랐으며 그곳에 쪽방촌이 있다는 사실도 몰랐다.

⊹

친구와 서울시립미술관에서 이불 작가의 전시 「시작」을 보고 정동길을 걸었다. 저녁까지 시간이 남았고 친구는 동자동에 가자고 했다. 기사에서 동자동 쪽방촌 재개발에 대해 봤는데 궁금하다는 거였다. 확인해보니 익숙한 동네였다. 여기에 쪽방촌이 있었어?

쪽방은 최저 주거 기준 미만의 주택으로 갈 곳 없는 사람들이 마지막으로 찾는 곳이다. 지옥고(지하, 옥탑, 고시원) 아래 쪽방이라는 말이 있을 정도로 열악한 환경이지만 빈곤층이 노숙자가 되지 않도록 최후의 안전망으로 기능하며 때로는 사회적 발판 역할도 한다.

동자동은 조금 낙후됐지만 여느 동네와 큰 차이가 없었다. 다만 집집마다 붉은 깃발이 걸려 있는 게 특이했다. 벽에는 피해자들을 위한 깃발이니 훼손하지 말라는 경고문이 붙어 있었다. 우리는 깃발이 부당한 재개발에 맞선 시위의 의미라고 생각했다. 그러니까 2021년에 붉은 기가 골목을 수놓을 정도면 대단한 시위 아니겠어?

그러나 아니었다. 아니, 아니라고 말해야 할지 맞다고 말해야 할지 모르겠다. 동자동의 상황을 간단히 정리하자. 동자동은

2021년 2월 정부에 의해 공공주택사업 지구로 선정되었다. 토지 소유주와 건물주 들은 정부의 결정에 반대한다. 그들이 원하는 건 민간 개발이다. 이유는 간단하다. 그 편이 훨씬 수익이 크기 때문이다. 그들은 주장한다. 토지와 건물은 사유재산이다!

그러니까 붉은 깃발은 토지 소유주와 건물주 들이 내건 것이다. 뭔가 거꾸로 된 것 같은 기분이 들지만 —붉은 기는 공산주의자들의 몫 아니었나?— 아무튼 사태는 그렇다. 중요한 건 동자동의 실제 거주민인 쪽방촌 사람들이 소외되고 있다는 사실이다. 대부분 세입자인 이들은 민간이 개발한 경우 집을 잃고 쫓겨날 가능성이 크다. 반면 소유주 중 동자동에 사는 사람은 10퍼센트 남짓이다. 소유주들은 목돈이 없는 쪽방촌 사람들의 처지를 노려 높은 월세를 받기도 한다. 통계에 따르면 쪽방의 평균 평당 임대료는 18만 2550원으로 서울 아파트 평균 평당 월세인 3만 9400원을 훨씬 상회한다. 쪽방 거주자들은 많은 경우 국가로부터 주거 지원금을 받는데 소유주들은 그 돈을 노리는 셈이다. 이를 빈곤 비즈니스라 부른다.

동자동 쪽방촌으로 검색을 하면 상반된 게시물이 나온다. 한쪽에선 쪽방촌 주민들의 생존과 주거를 보장하라고 요구하고 다른 쪽에선 부동산 대박 찬스, 투자 기회, 사유재산 침해를 외친다. 어떤 블로거의 해시태그는 다음과 같다. #동자동쪽방촌 #경매로100억부자되기

⊹

일본의 철학자 아즈마 히로키는 2017년 『관광객의 철학』을 출간했다. 여행자, 순례객도 아닌 관광객에게 무슨 철학이냐고 생각할 수 있지만 아즈마가 노린 건 바로 그 지점이다. 관광객의 철

학을 간단히 설명하면, 가벼운 접근이 우연을 만나고 이러한 우연이 우리에게 연대의 가능성을 연다는 거다. 말하고 보니 지나치게 간단해지는데 실은 철학적으로도 정치적으로도 복잡하고 예민한 문제다. 아즈마 히로키는 『관광객의 철학』을 출간하기 전 『후쿠시마 제1원전 관광지화 계획』을 출간했고 극렬한 비난을 받았다. 책은 제목 그대로 후쿠시마를 관광지로 만들자는 내용을 담고 있었다. 비난의 세세한 내용을 짚어보지 않아도 어떤 반응이었을지 짐작이 간다. 누군가 세월호 참사를 기억하기 위해 진도항 관광지화를 주장했다고 생각해보자. 그러나 아즈마의 말에 따르면 우리는 이미 이러한 관광화를 실천하고 있다. 아우슈비츠, 히로시마, 체르노빌, 광주 등등 역사적 비극과 재난의 현장에는 공원과 박물관, 투어 프로그램이 존재하고 해마다 수천에서 수십만의 사람이 방문한다. 단지 이곳을 가리키는 단어가 추모, 기억, 순례 등 관광과는 전혀 다른 뉘앙스일 뿐이다. 그러니까 어쩌면 여기에는 언어의 문제가 존재하고 언어는 우리의 사고를 제한한다. 경박한 관광과 진지한 추모의 간극. 아즈마 히로키가 도발하는 건 이러한 태도와 규정이다. 기존의 시선으로는 진짜 사건과 만나는 게 불가능하기 때문이다. 추모는 비극을 물신화한다. 추모객은 자신이 보고자 한 것만 본다. 반면 훨씬 가벼운 태도의 관광은 예상치 못한 경로로 사람들을 사건과 조우하게 만든다. 일종의 산책자처럼 말이다.

물론 이는 어느 정도 개념적이고 철학적인 이야기다. 실제로 어떤 일이 벌어질지 어느 쪽이 더 의미 있을지는 알 수 없다. 다만 동자동에 갔을 때 나는 아즈마 히로키의 관광객의 철학을 떠올렸다. 가벼운 마음으로 갔는데 전혀 예상 외의 장소를 만나고 몰랐던 사실들을 알게 된 것이다. 그가 말하고자 했던 우연과 연대는 이런 것 아닐까. 지도에서 숨겨진 곳들을 발견하는 것, 감춰진 현실과 조우하는 것. 아즈마는 체르노빌과 후쿠시마에 방문했을 때 그곳에 사람들이 여전히 "평범하게" 살고 있다는 사실에 놀랐다고 한다. 미디어에서 접하는 것과 다른 실제 냄새와 부피, 신체를 가진 사람들이 일상적으로 사는 모습, 그것이 그로 하여금 비극이 먼 거리에 있는 게 아닌 누구에게나 일어날 수 있는 일이며 그들이 우리와 다르지 않다는 사실을 깨닫게 해줬다고 말이다. 리처드 로티는 『우연성, 아이러니, 연대』에서 "우리라는 감각을 가능한 한 확장시키려고 끊임없이 노력해야 한다"라고 쓴다. "이것은 우리가 지속적으로 이어가야 할 과정이다. 우리는 주변화된 사람들, 즉 우리가 여전히 본능적으로 우리라기보다는 그들이라고 생각하는 사람들을 찾으려고 애써야 한다. 우리는 그들과 우리의 유사성에 주목하려고 노력해야 한다." ㅓ

Gate 2

거대 식물카페의 습격

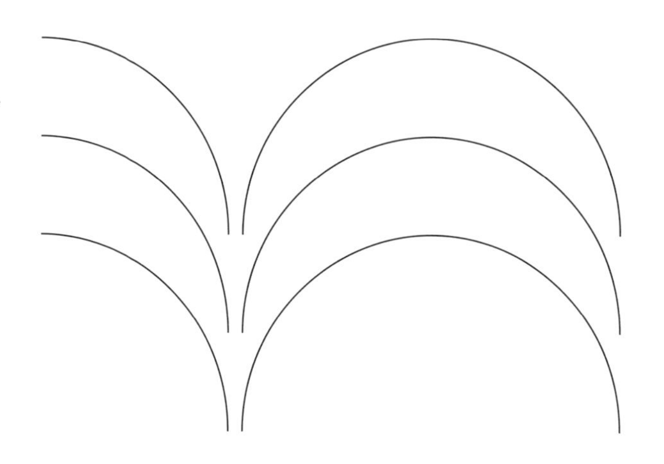

Scene 1. 아라키스

사람들이 시기심과 증오에 찬 눈으로 야자수를 바라보고 있다. 프랭크 허버트의 『듄』 1부에 나오는 장면이다. 책에서는 그 이유를 "물" 때문이라고 설명한다.

『듄』의 배경인 사막 도시 아라키스에서 물은 구하기 힘든 자원이다(강수량이 0이고 지표면에도 물이 전혀 없기 때문에 "윈드트랩"이라는 장비를 이용해 공기 중의 수증기를 물로 변환하는 것으로 묘사된다). 한 사람에게 필요한 물은 하루 8리터다. 반면 야자수 한 그루에 필요한 물은 하루 40리터다. 나무 한 그루가 다섯 명 몫의 자원을 소비하는 셈이다. 아트레이데스 가문의 성에는 스무 그루의 야자나무가 있다. 백 명의 몫이다.

드니 빌뇌브가 감독을 맡은 영화 「듄」에서 이 장면은 변형된 형태로 반복된다. 주요 내용은 동일하지만 원작에 없는 장면도 있다. 아트레이데스 가문의 적자이자 주인공인 폴은 물을 아끼기 위해 야자수를 베자고 제안한다. 신하는 고개를 젓는다. "안 됩니다. 이 야자수는 신성한 것입니다. 오래된 꿈이지요."

여기서 신성함이란 무엇일까. 영화는 종교적이고 예언적이며 신비주의적인 색채로 야자수를 감싸지만(폴의 가문이 멸망할 때 야자수는 불길에 휩싸인다) 사실 야자수의 신성함은 경제적인 여유를 뜻한다. 야자수가 신성한 이유는 그것이 일반적인 인간이 가질 수 있는 자원을 뛰어넘어 유지되는, 부자와 권력자만의 특권임을 드러내기 때문이다. 자연의 흐름을 거스르고 다른 개체들의 희생을 통해 유지되는 비현실적인 정원-공간. 다시 말해 진짜 신성한 것은 야자수가 아니라 야자수가 그곳에 있다는 사실이다.

Scene 2. 제주

한국 최초의 야자수는 송봉규가 1972년 제주도 한림읍 협재리에 파종한 카나리아 야자수와 워싱턴 야자수 5만 본이다. 제주도의원 출신인 송봉규는 1983년 개장한 한림공원을 만든 사람으로 제주 관광의 상징적인 인물 중 하나다. 그는 관광지로서 제주의 잠재력을 일찌감치 눈치챘는데, 제일 먼저 한 일이 야자수를 심는 일이었다.

왜 하필 야자수였을까? 우리에게 관광지의 야자수는 자연스러운 풍경이지만 1970년대만 해도 한국 사람이 야자수를 보거나 생각하는 일은 드물었다. 해외여행 자유화가 이루어진 게 한참 후인 1989년이니 당연한 일이다.

때는 1970년, 송봉규는 도정자문위원회 대변인 자격으로 오사카 만국박람회에 방문한다. "인류의 진보와 조화"를 메인 테마로 건 오사카 만국박람회는 1958년 브뤼셀 만국박람회 이후 이어진 전 세계적 만국박람회 붐의 마지막을 장식한 축제였다. 다가올 오일 쇼크와 경기 침체를 예상하지 못한 참여국들은 과학기술과 휴머니즘에 대한 낙관을 바탕으로 과장된 미래의 이미지를 전시하느라 여념이 없었다. 그러나 이 과포화된 미래 도시의 환영 속에서 송봉규를 사로잡은 건 아이러니하게도 중소도시 사카이의 거리에 있는 야자수였다.

오사카만에 면하여 오사카시와 야마토강을 끼고 맞닿은 사카이시는 일찍이 포르투갈 무역으로 흥한 도시였지만 제2차 세계대전 말 미군의 대공습으로 괴멸적인 피해를 입었다. 전후 부흥 과정에서 사카이 로터리 클럽은 시민들의 사기 진작을 위해 새롭게 착공된 편도 3차선의 간선도로에 미국에서 공수해 온 126그루의 카나리아 야자수를 심는다. 카나리아 야자수의 정식 명칭은 '포에닉스 카나리엔시스'(Phoenix canariensis)로 불사조처럼 다시 날아오르길 원하는 마음으로 선택했다고 한다. 이후 피닉스 스트리트라는 별칭으로 불리게 된 이 도로는 전후 부흥의 상징으로 자리매김했고 일본 도로 100선에 꼽히는 등 사카이시의 명물이 되었다.

송봉규는 아마 이 도로를 여러 번 지나쳤을 것이다. 오사카의 시끌벅적한 박람회장에서 빠져나와 간선도로를 타고 이동할 때마다 야자수의 행렬이 눈앞을 스치고 지나갔을 것이다. 할리우드 영화에서나 볼 수 있던 야자수가 제주도와 유사한 위도의 도시에 있는 비현실적인 풍경, 장소의 감각을 순식간에 전이시키는 경이로운 이미지.

카나리아 야자수의 원산지는 아프리카 북서부 카나리아제도다. 카나리아제도는 아열대 기후에 속하며 화산섬이 대다수다. 고대로 관체족과 베르베르인이 살던 지역이었으나 15세기 무렵 에스

파냐에 정복당했다. 카나리아 야자수가 서유럽과 북미, 그리고 아시아까지 전파된 건 이때부터다. 스페인의 기독교도들이 종려주일에 쓸 종려잎을 얻기 위해 야자수를 심기 시작한 것이다.

종려과에 속하는 다년생 식물인 야자수는 사실 다른 나무에 비해 생태학적 이점이 적다. 이산화탄소를 산소로 바꾸는 능력이 부족하고 수분이 지나치게 많아 목재로서의 가치 역시 낮다. 그러나 옮겨 심기 쉽다는 장점도 있다. 미국에선 캘리포니아가 주(洲)로 승격된 1850년 즈음부터 야자수가 폭발적으로 증가했다. 대공황 시기 로스앤젤레스 공공산업진흥국은 실업자를 구제하기 위해 이들에게 도로에 야자수를 심게 했다고 한다.

제주도의 야자수 역시 1980년대 중문관광단지 개발과 함께 폭발적으로 증가했다. 수령이 오래된 야자수들은 최근 골칫거리로 여겨지기도 한다. 높이가 너무 높아 고압선로에 닿아 정전을 일으키거나 태풍에 쓰러져 교통사고를 내고 잎이 썩어들어가 미관상 좋지 않은 인상을 남기기도 하는 것이다.

Scene 3. 수도권

코로나19 팬데믹으로 전 세계가 혼란에 빠졌고 한국 역시 수십 번에 걸친 거리두기 시행령이 실시되고 있지만 이상하게도 새로운 카페는 계속 생긴다. 특히 놀라운 건 서울 외곽 또는 경기도권에 생기는 거대한 규모의 카페들이다. 대체 어디서 이런 돈이 나왔지, 라는 말이 육성으로 나오게 만드는 기가 막힌 규모의 카페들, 모던하고 레트로하고 인더스트리얼하고 플랜테리어한 동시에 명상적이고 친환경적인 카페들이 매일 인스타그램에 올라오고 화제가 된다.

2019년 수서에 오픈한 복합문화공간인 '식물관PH'의 소개 문구는 다음과 같다. "식물과 사람이 함께 쉬는 고유한 경험의 공간. 식물, 휴식과 문화를 하나의 이름처럼 부르는 이곳은, 식물의 집, 식물관입니다."

카페와 온실인 1,2층과 전시장인 3,4층으로 구성된 식물관PH에서 처음 손님을 맞는 건 온실 천장까지 닿을 만큼 높은 야자수들이다. 바퀴가 달린 화분에 심어진 야자수들은 콘셉트에 따라 자리를 이동하며 사람들은 식물들 사이를 걸어다니고 사진을 찍고 커피를 마신다.

코로나19가 한참이었던 2020년 여름에 문을 연 파주의 '엔드테라스'는 이름이 보여주듯 1500여 평 규모의 끝판왕급 식물카페다. 인생샷을 남길 수 있는 아치형 다리로도 유명한 엔드테라스는 평일에도 사람이 가득하다. 엔드테라스는 여세를 몰아 2021년 4월 고양시에 3호점을 냈다.

하지만 진짜 끝판왕 카페는 따로 있다. 2021년 9월에 오픈한 파주의 카페 '뮌스터담'은 1만 5000평 규모를 자랑한다. 이쯤 되면 카페가 아니라 마을이나 숲이라고 해야 어울릴 규모다. 내부는 독일의 시골길을 떠올리게 하는 벽화와 나무, 화단으로 꾸며져 있으며 매일 저녁 클래식 공연을 연다.

대표적인 몇 군데만 언급했을 뿐 신상 카페는 수백 개에 달한다. 이런 현상을 코로나 특수라고 할 수 있을까. 펜데믹으로 해외여행이 불가능해지자 사람들은 국내로 발걸음을 돌리기 시작했다. 서울의 파리, 경기도의 유럽, 분당의 캘리포니아, 수원의 하와이… 이 모든 체험의 배경에는 식물이 있다. 일상에서 쉽게 접할 수 없는 낯선 수종의 나무들이 거대한 규모로 사람들을 맞이하는 것이다.

이런 현상을 비판하는 건 어렵지 않다. 식물의 이미지를 착취하는 식민주의적이고 자본주의적인 흐름으로 말이다. SNS에 사로잡힌 영혼들의 가짜 경험 운운하며. 그러나 내가 궁금한 건 지금 이후다. 포스트 펜데믹, 펜데믹 이후 남겨질 거대 식물카페의 운명, 고유의 장소를 잃은 아우라의 향방. 식물의 관점에서 생각하면 진짜 펜데믹은 이제 시작일지도 모른다. 오래된 수령의 야자수들은 어쩌면 이미 복수를 시작하지 않았을까.

보통 사람들의 밤 – 아파트와 단지들

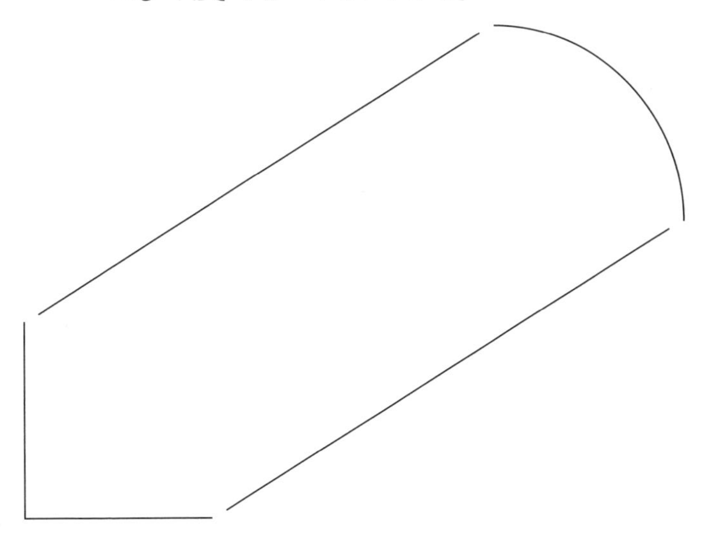

가장 보통의 존재

아파트에 살 때는 꿈을 많이 꿨다. 지금은 꿈을 꾸지 않는다. 정확히는 기억을 못 하는 거라고 해야겠다. 꿈을 기억한다는 것은 두 개의 세계를 가지고 있다는 뜻이다. 친구들 몇몇은 트위터 비밀계정에 꿈을 기록한다. 부조리하고 비논리적이지만 여러 갈래의 통로를 이루는 꿈들이다.

내가 네 살 때인 1986년 부모님은 할머니, 둘째 큰아버지와 함께 대구 복현동 주공아파트 3단지 305동 402호에 들어갔다. 열세 평짜리 임대아파트로 5년 후에 분양을 하는 방식이었다. 다섯이 살기엔 턱없이 좁았지만 답답했던 기억은 없다. TV를 틀어놓은 안방에 엄마, 아빠, 나, 할머니, 큰아버지가 나란히 누워 수다를 떨던 모습이 흐릿하게 남아 있다. 김병조가 진행하는 「일요일 일요일 밤에」를 봤던 것 같다. 친구들이 유치원 버스에서 내리는 모습을 베란다 방충망에 매달려 지켜보던 내 모습도 기억나는데, 그럼 나는 나를 본 걸까, 나를 찍은 사진을 본 걸까, 꿈에서 본 모습을 기억하는 걸까.

엄마는 할머니, 큰아버지와 안방에 나란히 누운 적이 없다고 했다. 할머니 식구는 내가 일곱 살이 된 1989년 영천으로 이사 갔고 그해 2월 24일 노태우는 취임 1주년 기념행사인 '보통 사람들의 밤'에서 다음과 같은 축사를 남겼다.

> 근로자와 젊은 세대 등 열심히 일하는 보통 사람들에게도 내 집 마련은 꿈처럼 아득해 보이기만 합니다. 저는 이런 현실을 방치해 놓고서는 보통사람들의 위대한 시대는 열릴 수 없다고 깊이 생각했습니다. … 여러분 우리 솔직하게 말해봅시다. 민주화가 되었습니까, 안 되었습니까? … 세상이 바뀌고 모든 것이 변했어도 절대로 변하지 않는 것이 있습니다. 언제나 보통 사람이고자 하는 이 사람, 노태우의 마음입니다.

'보통 사람들의 밤'의 핵심적인 내용은 영구임대주택 마련에 관한 것이었다. 노태우 정부는 영세민을 위해 영구임대주택 25만 호를 마련하겠다고 선언했고 역사상 처음으로 영구임대주택이 사람들에게 보급되었다.

할머니네가 나가고 난 다음 해 나는 초등학교에 입학했다. 엄마는 내 방을 미지트 가구로 채웠다. 어린 시절 학업 성적이 좋았던 건 무리해서 구입한 미지트 가구 덕분이라고 엄마는 말했지만 잘 모르겠다. 나는 공부한 기억이 없고 놀았던 것만 생각난다. 그리고 그 기억 대부분은 아파트 단지가 중심이다.

단지의 세계

대구 복현주공아파트는 5단지 구성이었다. 9평에서 34평 형대의 저층 아파트로 각 단지들은 어느 정도 거리를 두고 떨어져 있었다. 내가 살았던 3단지는 가장 좁은 평수인 대신 단지를 위한 교육 시설인 복현초등학교와 가장 가까운 거리에 있었다. 쉬는 시간에 집에 와서 뭘 먹었던 기억도 난다. 초등학교 입구에서 도로만 건너면 아파트 입구였고 놀이터를 지나 노란 줄무늬 과속방지턱을 뛰어넘으면 집이 나왔다.

단지 안은 열 살 미만의 어린애가 놀기에 충분히 컸다. 친구들은 모두 같은 단지에 살았다. 규엽이는 305동 201호, 호준이는 303동 102호, 재원이는 304동 202호. 재원이랑은 나중에 싸웠는데 이유는 모르겠다. 우리는 단지 안의 문방구에서 구슬이나 딱지를 사서 놀았고 단지 안의 차도에서 '오징어'를 했으며 단지 안의 언덕이나 풀숲에 있는 청개구리나 두꺼비를 사냥했다. 가끔 단지 밖의 금호강이나 배자못으로 원정을 가 도롱뇽을 잡기도 했다. 나는 엄지손톱만 한 청개구리를 특히 좋아해서 집에 가져와 기르기도 했다. 어느 날 세면대에 둔 청개구리가 화장실 창틀로 뛰어올랐다. 깜짝 놀라 다가가니 청개구리는 나를 지긋이 돌아보더니 창밖으로 뛰어내렸다. 집은 4층이었고 사체는 찾지 못했다. 친구들은 청개구리의 자살을 믿지 않았고 내게 구라 좀 그만 치라고 말했다.

복현주공아파트 단지는 고만고만했고 평수에 따른 차별이나 위계는 없었다. 반면 주변의 장미맨션이나 한라맨션은 뭔가 달랐다. 단지 내에 들어가면 왠지 모를 아우라가 느껴졌다. 특히 장미맨션을 가는 골목에는 여깡 누나들이 많다는 소문이 돌았는데, 지금 생각하면 여러모로 이상한 소문이지만 아무튼 다들 그걸 믿었고 그들이 씹는 껌에는 면도날이 있어 껌을 뱉으면 면도날에 얼굴이 베인다고 했다. 그래서 장미맨션을 갈 때면 큰 결심을 해야 했다.

박철수 교수는 『거주 박물지』에서 단지가 일본에서 유래한 말이라고 썼다. 만주국 건설 과정에서 쓰였으며 소련과 독일에서 출발해 일본을 거친 개념이라고 생각하면 그 궤적이 더 명료해진다고 말했다. 각설하고 그의 논지, 그리고 그와 여러 작업을 함께한 박인석 교수의 논지에 따르면 문제는 아파트가 아니라 단지다. 획일적이고 비인간적이며 자본주의의 상징처럼 여겨지는 아파트의 문제는 아파트가 아니라 단지에서 온다는 것이다. 단지는 외부와의 소통을 거부한 자족적인 요새로 기능한다. 그러므로 단지 해체가 건강한 도시 생태계를 위한 해답이다.

그러나 애석하게도 내게는 아파트 단지가 노스탤지어의 근원이다. 저층 아파트 단지만 들어서면 유년 시절의 감각이 돌아오는 것 같은 묘한 기분이 든다. 페인트칠이 벗겨진 낡은 건물, 현관에 세워진 자전거, 놀이터의 반쯤 파묻힌 타이어와 삐걱거리는 미끄럼틀, 베란다에 내놓은 화분과 창문에 붙어 있는 어린이용 스티커, 집 모양으로 생긴 주공아파트 로고. 단지의 세계는 어디나 유사하기 때문에 노스탤지어는 늘 존재한다. 최근에는 동부이촌동의 한강맨션아파트 단지에 들어갔는데 노스탤지어가 물밀듯 밀려왔다. 나는 같이 간 친구에게 말했다. 집에 온 느낌이야. 홈. h.o.m.e. 같이 간 친구는 어처구니없다는 눈으로 나를 봤다. 이 동네 집값이 얼만지 알아?

집

공적으로 부정적인 사실이 사적으로 추억이 되는 일을 어떻게 받아들여야 할까. 어른들은 그런 경우 옛날의 부정성을 좋았다는 식으로 미화한다. 그럴 때 동원되는 건 인간미다. 옛날엔 그래도

정이 있었어. 나도 그런 식으로 할 수 있다. 요즘의 주상복합과 달리 옛날 주공아파트 단지는 운치가 있었어. '안녕둔촌주공아파트' 계정을 보라고! 이렇게 예쁜 아파트 단지가 다시 있을 수 있을까.

주상복합에서 자란 아이는 주상복합의 추억을, 땅콩집에서 자란 아이는 땅콩집의 추억을, 반지하에서 자란 아이는 반지하의 추억을 갖게 마련이다. 물론 반지하에서 자란 아이는 안 좋은 추억을 갖게 되거나 안 좋은 건강을 갖게 될 가능성이 크고 좋은 추억이라도 다시 반지하에서 살고 싶어 하지 않을 것이다. 모두 나름의 미덕이 있다 따위의 이야기를 하기 위해 이런 말을 하는 건 아니다. 아파트/단지는 좋은 추억이 될 수 있을까. 우리는 언제쯤이면 좋은 것을 추억으로 가질 수 있을까.

노태우가 말했듯 보통 사람은 모두 자기 집을 갖길 꿈꾼다. 아파트는 한국 보통 사람들의 밤을 지배한 꿈이었다. 가끔 악몽이었고 많은 경우 부조리했다. 대구 복현주공아파트 5단지는 2단지를 끝으로 모든 단지가 재개발되었다. 내가 살았던 3단지는 2004년에 재개발됐는데 공사 당시 단지 아래에서 쓰레기 매립장이 발견됐다고 한다. 연탄재, 옷가지, 비닐 등의 생활쓰레기가 6만에서 7만 톤 나왔고 주민들은 처리를 요구했다. 이 내용을 다룬 기사는 다음과 같이 끝난다. 주택공사 대구경북 지역본부 배연찬 본부장은 "서울 잠실에서도 비슷한 전례가 있는 것으로 안다"며 "주택공사 본부에서 부정적인 반응을 보여 지역본부 차원에서 주민들의 요구를 들어주기가 어렵다"고 말했다. ㅓ

대구는 지방이 아니다 – 어느 지방의 예

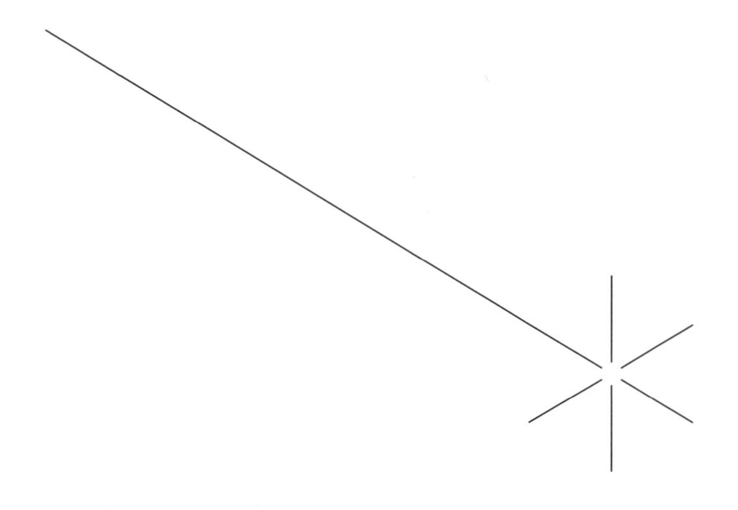

대구라는 도시

아버지는 하루에 세 번 옷을 갈아입으셨다. 이모들은 아버지가 뭘 입어도 태가 난다고 부러워했지만 실은 전혀 부러워하는 눈치가 아니었다. 어머니는 옷에 신경 쓰는 남자가 제일 꼴불견이라고 했다. 물론 그렇게 말하는 엄마도 젊은 시절 아버지의 태가 나는 모습에 반하긴 했다. 한 30년 살아보니 돈 없고 멋 내는 남자에게 정이 떨어진 거지. 아니면 그냥 아버지에게 정이 떨어졌는데 하필이면 그 사람이 패션에 관심이 많은 사람이었는지도 모르겠다.

어머니는 미녀다. 아들 입장에서 이런 말을 하는 게 이상하지만 객관적으로 그렇다. 어머니 연배의 연예인 중 김창숙 배우를 닮았는데 좀 더 선이 가늘고 귀엽게 생기셨다. 환갑이 넘었지만 아직도 젊어 보이신다. 이로써 대구의 단출한 핵가족인 우리 식구만으로도 대구에 관한 기존의 인식 또는 대구가 원하는 인식 두 가지가 성립된다. 패션 도시, 미인이 많은 도시.

관광책자에서 대구는 사과, 미인, 섬유-패션, 그리고 분지로 상징된다. 이것들은 대외적으로 대구에서 내세우는 대구의 기호다. 현실에서 대구를 상징하는 기호는 고담이다. 또는 TK, 또는 대프리카.

나는 대구에서 20년간 살았고 군생활도 대구에서 했다. 서울에 산 지 13년이 흘렀고 평소에는 대구 생각을 전혀 하지 않는다. 대구에 1년에 한 번 정도 내려가는데 낯설고 불편하다. 대구는 잘 만들어진 도시다. 방사형 도로, 쾌적한 백화점과 힙한 카페, 세간의 인식과 다르게 높지 않은 범죄율. 이상한 범죄가 많긴 하지만 범죄율 자체가 높은 편은 아니다. 그럼에도 불구하고 나는 대구가 정말 싫은데 이유가 뭘까.

지역주의는 나쁘지만 지방색은 좋다. 도시에 특색이 있는 것은 좋다. 주변에 부산이 좋다거나 전주가 좋다, 여수가 좋다, 강릉이 좋다, 대전이 좋다는 사람은 많다. 그러나 대구 사람을 제외하고 대구를 좋아하는 사람은 본 적이 없다. 하물며 대구에 여행을 간다는 사람은 본 적이 없다. 대구 여행이라니. 한 번도 결합된 적 없는 단어의 결합. 가끔 막창 먹으러 대구에 가고 싶다는 사람은 본 적 있다. 그러니까 이러한 등식이 성립된다. 막창 > 대구(실제로 가보면 막창도 별로라는 사실을 알게 될 것이다).

한국은 서울에 모든 것이 집중되어 있는 나라다. 강준만은 지방을 식민지라고 했다. 정약용은 자식들에게 무슨 일이 있어도 사대문 밖으로 이사 가지 말라고 말했다. 어느 시인은 틈만 나면 자신이 사대문 안에서 태어났다는 사실을 자랑했다. 판사는 초임지에 따라 경판, 향판으로 나눠 불린다. 21세기가 된 지 17년이 지났는데도 아직 그렇게 하고 있다. 한국에서 서울과 지방은 특별한 위상을 지닌다. 그런데 이 지방 중에서도 부산과 대구는 유독 특이한 점이 있다. 그건 스스로가 서울 못지않다고 생각한다는 사실이다. 또는 스스로를 지방이 아니라고 생각한다는 점이다. 각 지방 모두 자신만의 성격과 특색이 있지만, 스스로를 수도에 준한다고 생각하는 곳은 흔치 않다. 나는 부산 출신이 아니니 부산에 관한 이야기는 차치하고, 대구에 관해 얘기해보자.

수성구 부심

나는 대구 수성구에서 초·중·고등학교를 나왔는데 당시 학교 선생들이나 학부모 등 어른들에게 가장 많이 들은 이야기는 수성구가 강남만큼 또는 강남보다 더 SKY 진학률이 높다는 거였다. 사실인지는 모르겠다. 사실인지 확인하고 싶은 생각도 없다. 중요한 건 그런 어른들의 언어를 내 또래의 사람들이 그대로 이어받아 이야기한다는 사실이다. 일종의 학군 부심인데, 강남도 아니고 잠실도 아니고 분당도 아닌 수성구 부심이라니. 다른 지방 사람들이 수성구에 대해 얼마나 들어봤는지 의문이지만 아무튼 이 수성구 부심은 부모 세대인 1950~60년대생에서 내 세대인 1980년대생까지 내려온다. 여기서 한국 현대사에 족적을 남긴 학벌주의의 현대 버전을 볼 수 있다. 과거에는 서울에 경기고, 대구에 경북고였다면 지금은 서울에 강남, 대구에 수성구라는 식이다. 그러니까 내게 대구는 학벌과 지위에 대한 엘리트 의식으로 무장한 곳이다(실제로 엘리트인지는 모르겠다). 더욱 최악은 대구가 스스로를 서울보다 낫지, 라며 순수한 자부심을 느끼는 게 아니라 우리가 서울만큼 하지, 라고 생각하면서 서울의 모습, 그것도 강남의 모습을 따라 하는 것에서 자부심을 느낀다는 점이다. 강남과 대구는 지지하는 정당도 같고 정치적 성향도 유사하다. 보수적일 뿐만 아니라 그 보수적 성향에는 학벌로 상징되는 특정한 종류의 속물의식이 자리 잡고 있다.

속물의 두 가지 욕망

블라디미르 나보코프는 속물에 대해 이렇게 말했다. "순응하고, 소속되고, 같이 끼이기를 열망하는 속물은 두 가지 욕망 사이에서 갈등한다. 다른 모든 사람들처럼 행동하고, 감탄하고, 다른 사람들이 가지고 있는 것이라면 자신도 소유하고픈 욕망이 그중 하나다. 다른 하나는 특별한 사람들, 조직, 클럽의 일원이 되어 담화를 즐기고픈 욕망이다. 속물은 부와 지위에 현혹되는 허영덩어리다."

대구에 대한 기억 중 가장 견딜 수 없는 건 고등학교 때의 경험이다. 학력 부심이 강한 동네였던 만큼 선생들의 태도는 거만하고 강압적이고 폭력적이었는데 나를 더 분노하게 했던 건 그러한 선생들이 아니라 다른 학생들의 태도였다. 선생님들이 우리 공부 잘하라고 때리는 거지, 지나고 나면 다 좋은 추억이야. 15년쯤 지났는데 시간이 지날수록 좋지 않은 추억이라는 게 더 분명해진다. 학생들의 이런 식의 순응은 스스로를 이미 기득권이라고 생각하는 태도에서 온다. 대구는 오랜 시간 자신을 기득권으로 생각해온 도시다. 90년대 후반 이후 도시를 지탱하던 여러 산업이 무너졌고 인천이나 울산에게도 밀리게 된 지금은 어떨까. 2016년, 김부겸은 대구 수성갑에서 야당으로 국회의원에 당선됐다. 31년 만의 일이다. 2017년, 박근혜가 탄핵되었고 부모님은 더 이상 대구에 자부심을 느끼지 않는다. 이제 대구도 변하는 걸까? 기득권이 아닌 대구에 뭐가 남아 있을까? 패션? 미인? 사과? 지금 대구에서 가장 큰 기대를 모으는 건 첨단의료복합단지와 대구 신공항이다. 그러나 이것들이 생긴다고 대구를 좋아하게 될 것 같진 않다. 이런 것들이 없어서 대구를 싫어한 게 아니니까.

가장 최근 대구에 간 건 2022년 1월이었다. 분지답게 남쪽이지만 서울만큼 추웠고 얼마 전에 아시아 최대 규모로 지어졌다는 동대구역 신세계 백화점은 사람들로 가득했다. 아버지와 폴 바셋에서 아메리카노와 아이스크림을 먹었다. 서울과 맛이 똑같았다. 내가 먹고 싶은 건 기름장에 찍어 먹는 닭똥집튀김이었지만 먹지 못했다. 혹시 대구에 여행 갈 사람이 있으면 막창 말고 닭똥집튀김을 먹으라고 하고 싶다. 꼭 기름장에 찍어서 먹어야 한다. 이게 내가 아는 대구의 유일한 장점이다. ┤

부산 가는 길

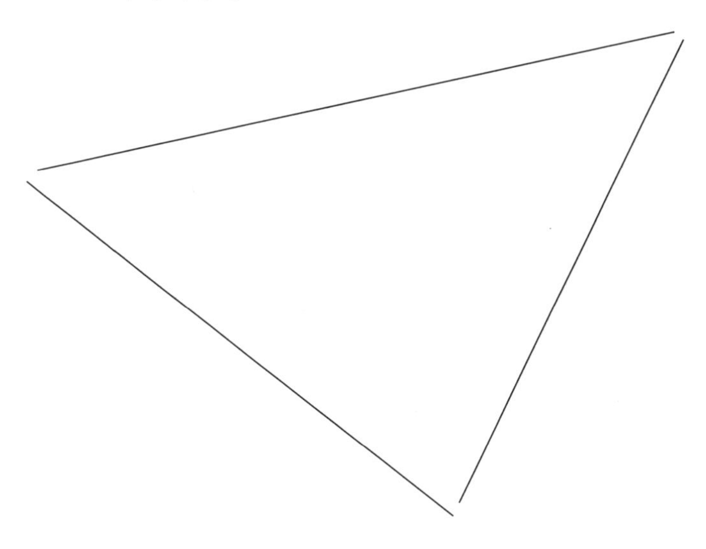

부산에 닿기

친구와 부산 갈 일이 생겼다. KTX를 타고 가자는 내 말에 친구는 고개를 저었다. 비행기 타면 40분밖에 안 걸려. 비행기? 응. 심지어 더 싸.

제주도에 갈 때를 제외하면 국내선을 이용한 적이 없다. 반면 친구는 국내선 이용이 친숙했다. 유럽에 오래 살아서 그런가? 대륙이 바뀌지 않는 한 비행기를 타지 않는 나와 전혀 달랐다. 친구의 제안에 따라 이번에는 비행기를 타기로 했다. 김포공항에서 김해공항으로.

사실 비행기가 달갑지 않은 건 공항의 여러 절차 때문이다. 입출국 수속, 보안 검색, 긴 대기줄… 친구는 국내선은 간단하니까 걱정하지 말라고 했다. 체크인도 셀프고 게이트 통과도 간소화됐다나. 친구 말처럼 체크인은 간단했다. 그러나 문제는 그 뒤부터였다.

빠른 탑승 수속을 위해 바이오 정보 등록이 필요하다는 거였다. 우리는 1) 신분증을 스캔하고 2) 얼굴 사진을 찍고 3) 손바닥 정맥을 스캔했다. 손바닥 정맥 스캔이 한 번에 되지 않아서 여러 번을 반복해야 했고 결국은 안내 요원이 도와줬다. 어쨌든 이제 바이오 정보를 등록했으니 등록 고객 전용 게이트로 가자! 친구와 나는 줄이 거의 없는 전용 게이트로 달려가서 비행기 티켓과 손바닥을 스캔했다. 그러나 게이트는 열리지 않았다. 문제가 있는 듯 붉은 엑스 표시가 계속 떴고 우리는 범죄라도 저지른 사람처럼 심장이 덜컥 내려앉았다. 공항에서 걸리면 뼈도 못 추리는 거 아니야? 알고 보니 비행기 티켓과 정보 등록한 신분증의 이름이 달라서 생긴 일이었다. 비행기 티켓은 영문인데 신분증은 한글이라서 그렇다고 안내 요원이 설명했다. 결국 우리는 긴 대기줄로 돌아가 일반적인 탑승 수속을 밟았다. 물론 다음에는 보안 검색과 비행기 탑승 대기 줄이 이어졌고…

경유 공간

사실 나는 공항이나 기차역이라면 모두 질색하는 종류의 사람이다. 반면 철학자 로지 브라이도티는 그 반대다.

> 나는 여행과 관련된 경유 공간에 특별한 애정이 있다. 기차역, 공항 대기실, 트램, 셔틀버스, 체크인 구역. 모든 연결 고리가 차단되는 중간 영역에서 시간은 일종의 연속적인 현재로 연장된다. 무소속의 오아시스, 분리의 공간. 임자 없는 땅.①

여행을 좋아하거나 출장이 잦은 지인 중에도 경유 공간을 좋아하는 사람이 있다. 공항과 기차역, 버스 터미널 같은 곳에는 묘한 낭만이 있다. 다양한 인종과 젠더의 사람이 오가는 곳. 움직임을 위해 존재하는 공간. 기대와 설렘, 포기와 낙담, 수많은 감정과 신체, 경험이 교차하는 곳.

그러나 나는 방금 열거한 이유들 때문에 경유 공간이 싫고 경유 공간이 너무 싫은 나머지 여행이 싫을 정도다. 특히 공항에서의 경험은 나를 불쾌하게 만든다. 게이트를 통과할 때마다 얼굴을 빤히 쳐다보며 신분증 사진과 대조하고 틈만 나면 신발을 벗기고 가방을 뒤지고 좁은 공간에 신체를 쑤셔 넣는다. 공항의 모든 절차가 내가 누구인지, 어떤 위치에 서 있는지 (스스로) 확인하도록 종용한다. 공항은 가장 노골적인 계급 사회의 공간이다. 다른 곳에서는 격차가 적거나 은밀하게 작동하는 계급이 공항에서는 천연덕스러울 정도로 적나라하게 얼굴을 드러낸다. 물론 당신이 퍼스트 클래스나 미국 국적의 백인이라면 문제는 다르다. 당신은 세계 모든 곳을 앞마당처럼 거닐며 먹고 기도하고 사랑할 수 있다(여담이지만 2007년 출간되어 지금까지 1000만 부 이상 팔린 베스트셀러『먹고 기도하고 사랑하라』는 자아 찾기에 대한 에세이가 아니라 모빌리티 권력에 대한 이야기다). "지배자들은 그들이 특정한 세계 안에 위치 지어져 있다는 것을 지각하지 못한다."②

해외여행이 대중화된 21세기에도 국가 간의 이동은 여전히 계급 문제다. 전 세계 인구의 5퍼센트만이 비행기를 이용하며 대부분의 승객은 비즈니스를 목적으로 해외를 오가는 사업가나 관료, 교수 들이다. 또한 공항은 공공연한 인종 차별이 허락된 공간이다. 당신이 소수 인종이라면 공항이나 비행기뿐만 아니라 기차역이나 기차도 위협적인 곳이 될 수 있다. 2005년 7월, 브라질 국적의 장 샤를 드 메네즈는 런던 지하철에서 일곱 발의 총격을 맞고 사망했다. 그는 단지 다음 칸으로 "이동"하려 했을 뿐이었다.

영국의 지리학자인 팀 크레스웰은 말한다. "오직 경유 공간에서만 안전이 이익과 상업화 담론과 연결됩니다. 내가 재정적으로 안정된 믿을 만한 여행자로 간주되면 감시를 덜 받게 됩니다. 내 조건들이 내가 받아야 할 검사들을 결정하게 되는 것이지요."③

경계를 넘는 이동

『선을 넘지 마시오』는 암스테르담 스히폴 공항과 파리 북역을 중심으로 모빌리티의 통제와 정체성에 대해 이야기하는 책이다. 스히폴 공항을 분석한 팀 크레스웰에 의하면 공항은 보안 감시, 시뮬레이션 코드가 인력 및 물리적 구조로 구성된 하이브리드 공간이다. "항공권 구매 후 공항에서 시간을 보내며 탑승에 이르는 여행자의 행로는 코드(컴퓨터)와 공간(물리)의 조합으로 구성된 하이브리드에 의해 조직된다. … 우리는 컴퓨터로 처리된 채 실제 공간과 컴퓨터 코딩된 공간에서 동시에 이동한다."④ 가장 대표적인 예가 CAPPS에서 시작해 Secure Flight가 된 TSA(미국 교통안전청)의 시스템일 것이다. 승객들, 이른바 PAX는 철저히 모델링되어 추적되고 관리된다.

흠… 비행기 타고 부산 가는 게 그렇게 싫어? 친구가 물었다.

그런 뜻이 아니라…(물론 나는 다음 부산 출장 때는 기차를 탔다).

내가 궁금한 건 앞으로 일어날 일이다. 2025년 에어택시가 상용화된다는데 그러면 어떻게 될까? 국가 간의 이동도 에어택시로 가능할까? 국가 간의 이동에서 기존의 절차가 사라지거나 간소화되면 경유 공간도 사라질까. 경유 공간이 사라진다는 것이 국경에 대한 인식이 희박해진다는 것일까. 그 말은 국민국가에 대한 인식도 희박해진다는 뜻일까. 이게 좋은 일일까 나쁜 일일까. 코로나 시대에 전 지구적인 네트워크에 대한 생각은 망상일까. 그러나 공간의 경계는 장벽과 같은 물리적 실제로만 존재하는 게 아니라 비물질적이거나 이데올로기적으로도 존재한다. 계급, 국적, 인종, 남녀, 보안, 역사…

파리 북역의 유로스타에는 열차 멸균이라는 특이한 개념이 있다. 물건과 사람에 대한 통제와 검색만으로 완전한 멸균이 힘들기 때문에 기차가 출발하고 지나가는 모든 역을 멸균 상태로 관리하는 시스템을 뜻한다. 열차는 비멸균 구역에는 정차하지 않으며 이동 중에는 멸균성이 보장된다. 의심스러운 사태가 생기면 "플랫폼 멸균을 위해 군견팀이 출동한다."

멸균은 일종의 은유지만 코로나 시대인 요즘을 생각하면 의미심장하다. 여기서 균을 뜻하는 건 단순히 바이러스가 아니다. 바이러스에겐 바이러스를 전파하는 숙주가 필요하다. 숙주는 대부분 인간 또는 다른 종의 신체다. 멸균의 대상이 바로 이 존재들이다.

ㅓ

기억도 기대도 없는 지역

경기도민이 주인공인 영화는 없다. 서울이나 부산, 대구, 광주, 경상도, 전라도 사람이 주인공인 영화는 많다. 심지어 제주도나 충청도 사람이 주인공인 영화도 있다. 그러나 경기도 사람이 주인공인 영화는 없다. 경기도(민)는 보통 보조적인 역할로 등장한다. 차이나타운, 범죄의 출입구, 부둣가의 공포, 러시아 범죄자와 중국 밀항자들의 소굴. 주인공들은 뭔가를 얻기 위해(총이나 마약 따위) 이곳을 방문한다. 아주 가끔 경기도가 영화의 배경이 되는 경우도 있다. 도시재개발을 둘러싼 이권 다툼, 정치 세력과 경찰, 깡패들이 복합쇼핑몰, 아파트 단지 소유권을 놓고 아귀 다툼을 벌이는 장소. 안산과 성남을 합친 묘한 지명인 안남시가 나오는 영화 「아수라」가 이 경우에 속한다. 2016년 9월에 개봉한 「아수라」는 손익분기점을 넘지 못하고 흥행에 참패했으나 인터넷 커뮤니티를 기반으로 컬트

적 인기를 얻었다. 사람들은 스스로를 안남시민으로 칭하고 안남시민연대, 안남시 여성회관, 안남시 창업지원센터를 웹에 만들어 활동했다. 『씨네21』에서 기획한 스페셜 대담에 참여한 '안남시 여성회관'은 철거촌, 구시가지, 주택가가 공존하는 안남시라는 세계에 매료되어 다섯 번 이상 관람했다고 말했다. 같은 해 12월 촛불 집회에는 안남시민연대 깃발이 등장하기도 했다.

안남 캐치프레이즈
: 천당 위의 분당, 분당 위의 안남

안남 소재 대학 최고 인기 학과
: 안남사이버대학교 리볼버과

안남시민과의 인터뷰
: 안남과 현실을 구분 지을 수 없을 거 같아요. 안남이 현실이고 현실이 곧 안남이기 때문에…

「아수라」의 감독 김성수는 인터뷰에서 1970년대 말에서 80년대 초의 성남과 안양 같은 도시를 모델로 생각했으며 범죄 도시의 이미지는 「배트맨」의 고담시에서 가져오기도 했다고 밝혔다. 고담시는 1930~40년대 뉴욕을 배경으로 만들어진 도시다. 그렇다면 질문. 왜 「아수라」는 서울을 배경으로 만들어지지 않았을까. 「로보캅」의 배경은 디트로이트고 「블랙달리아」의 배경은 L.A.고 「배트맨」의 배경은 뉴욕이다. 그러니까 보통의 할리우드 영화에서는 위성도시가 아니라 대도시가 성격을 가진 행위자로 등장한다. 대도시가 행위자가 된 영화에는 히어로물이나 무협 영화 특유의 낭만이 존재한다. 그곳에는 한때 정의가 있었고 한때 부와 평화가 있었으며 지금 시대는 도탄에 빠졌지만 과거를 복원할 희망을 품은 이들이 있다는 식으로. 그러나 경기도에는 그런 게 없다. 한 번도 번영했던 기억이 없고 앞으로도 번영할 가능성이 없는 곳. 경기도는 말 그대로 지옥, '아수라'다.

자기혐오

나는 대구에서 태어나서 자랐고 대학에 입학하면서 서울로 왔다. 서울에 와서 놀란 것 중 하나는 경기도 사람들이 엄청나게 많다는 거였고 그들이 하나같이 자기 도시를 끔찍하게 증오한다는 거였다. 그들은 가끔 논쟁을 했는데 주제는 경기도의 어느 도시가 최악인가 하는 것이었다. 모두가 자신이 사는 곳이 최악이라고 주장했다. 경기도민은 항상 자기 도시가 지옥인 합당한 이유를 가지고 있는 것처럼 보였다. 부천역 주변 안 와봤어요? '안산드레아스'①에선 ISIS가 마을버스를 몰아요, 화성은 연쇄살인범의 고향이죠, 인천②에선 중학생이 그룹섹스를 해요. 각종 외국인 혐오, 여성혐오가 뒤섞인 이런 이야기들은 사실 자기혐오와 연결되어 있다. 그러니까 제가 태어난 곳, 제가 사는 곳이 그곳입니다.

사람들의 그런 발언 때문인지 경기도에 갈 때마다 방진복을 입어야 할 것만 같았다. 서울 밖은 끝없는 사막 아님? 서울 경계에 높이 30피트가량의 태양광 패널 장벽을 설치해야겠어요, 서울 올 때 여권 들고 오세요, 따위의 농담을 지껄이기도 했다. 경기도에 사는 친구들은 대구 출신 남성의 언피시한 농담을 기막혀하면서도 유쾌하게 받아들였다. 그것은 그들이 원하지 않는 바인 동시에 원하는 바이기 때문이다. 자기혐오는 자기애의 또 다른 얼굴이다. 나를 이렇게 싫어하는 나를 좋아하는 나, 라고 할까. 자기혐오자는 지금의 나에서 벗어나고 싶은 동시에 지금의 나에서 벗어나려고 하는 나를 사랑한다. 여기의 '나'에 '도시' 또는 '경기도'를 넣으면 자기혐오의 지리학/부동산 버전이 탄생한다.

세계의 끝

지난 2월 사촌형에게서 연락이 왔다. 10년 만이었다. 나보다 열 살 많은 고종사촌으로 1990년대 후반에 결혼해 대구를 떠났고 성남에 살면서 딸과 아들을 낳았으며 2000년대 중반에 서울로 이사했다. 마지막으로 본 게 2006년쯤이었나, 나는 대학로의 크라제버거에서 형이 사주는 수제버거를 먹었다. 이후 크라제버거는 무리한 해외 투자로 법정 관리에 들어갔고 형은 직장을 잃었다. 그 뒤로 소식을 알 수 없었는데 갑자기 연락이 온 거였다. 형은 직장을 잃고 여러 직업을 전전했으며 서너 번 이사를 했고 지난달에야 정규직 직장을 구했다고 했다. 지금은 용인에 살고 있어. 한번 와라. 형이 말했다. 용인이요? 응. 좀 멀지? 형이 말했다. 네, 땅끝마을 같아요, 라고 말하고 싶었지만 그러지 않았다. 마포구에 사는 내게 용인은 대구나 부산보다 심리적으로 훨씬 거리감이 느껴지는 곳이다. 형이 사는 아파트는 죽전역에서 마을버스를 타고 15분가량 들어가야 하는 곳으로 1989년에 지어진 조그마한 아파트 단지였다.

대구에서 성남으로 성남에서 서울로 진입했던 형은 직장을 잃고 서울에서 성남으로 성남에서 수지로 수지에서 용인으로 밀려났다. 여기가 마지막이야. 형은 생각했다. 큰딸이 대학에 입학했고 막내는 중학교를 졸업했다. 서울 밖은 사막이라고? 아니야, 지돈아. 진짜 사막은 경기도 밖이야. 여기가 세계의 끝이란다.

마을버스를 타고 역에서 내려 분당선을 타고 3호선으로 갈아타고 6호선으로 갈아타고 버스를 타고 집으로 돌아왔다. 돌아오는 동안 불교의 육도에 대해 생각했다. 육도는 선악의 업인에 따라 윤회하는 여섯 가지 길로 천상, 인간, 아수라, 아귀, 축생, 지옥으로 나뉜다. 그중 아수라는 하늘에서 쫓겨난 이들이 사는 세계를 뜻한다. 그러니까 아수라는 성남(안남), 용인은 축생이라고 할 수 있지 않을까. 서울과 경기도의 위성도시들은 불교의 구조를 본떠 만든 것일까. 대한민국은 종교국가인가. 공덕-돈을 쌓으면 다시 인간계-분당 또는 천상-서울로 복귀할 수 있는 걸까.

비장소

인류학자 마르크 오제는 1992년 출간한 『비장소』에서 인류학적 의미에서의 장소와 비장소를 구분한다. 장소는 역사가 있고 사회적 관계가 형성되며 개인의 정체성에 준거를 제공하는 곳이다. 반면 비장소는 이동과 소비를 위한 공간으로 일반적으로 고속도로, 역, 공항, 주유소, 휴게소 따위를 말한다. 그는 당대를 초근대성이라는 말로 특징짓는데 이는 정체성을 이루는 요소들이 불안정해지고 세분화, 다원화됨을 뜻한다. 그리고 그러한 양상이 가장 잘 드러나는 곳이 바로 비장소다. 쉽게 말해 장소가 정착하고 교류하는 곳이라면 비장소는 통과하고 소비하고 소외시키는 곳이다. "비장소들은 입장과 퇴장 사이에 거대한 괄호를 치는 방식으로 매일매일 더 많은 사람을 맞아들인다." 비장소는 "어떤 목적과의 관련 속에서 구성된 공간"이며 "비장소들을 빈번하게 방문하는 사람은 장소로의 귀환을 마음의 안식처로 삼는다."

경기도의 인구는 2022년을 기준으로 1360만에 육박한다. 전국 최고의 인구수를 자랑하며 증가폭 역시 최고이다. 경기도 유입 인구의 절대 다수는 서울에서 온 사람들이다. 서울에서 태어나 살다가 경기도로 밀려났거나 지방에서 서울로 올라왔다가 다시 경기도로 밀려났거나. 그들은 경기도-비장소를 집이 아니라 방문하고 거쳐가는 곳, 장소-서울로의 귀환을 꿈꾸는 곳으로 생각한다. 경기도는 그곳 자체의 의미로 구성되는 것이 아니라 귀환이라는 목적과의 관련 속에서 구성된다. 떠돌이들의 도시, 이동을 위해 존재하는 도시.

그렇다면 이야기는 경기도가 비장소로서의 기능을 멈추고 머물고 싶은 진정한 역사와 의미를 가지는 장소가 되어야 한다는 것으로 결론지어져야 할 텐데, 그게 가능한 일인지 모르겠다. 갑자기 인구가 급증한 도시에 무슨 역사와 의미? 지방 자치단체들은 문화콘텐츠니 뭐니 하며 토박이들도 몰랐던 지역에 얽힌 잡다한 설화나 민담을 지어내다시피 발굴하고 의미화한다. 비장소를 장소화하기. 그런데 경기도가 장소가 될 필요가 있을까. 그런 방식으로 장소가 되는 것을 사람들이 원할까. 장소가 되지 않고, 비장소 상태에서 가치를 발견할 수 없을까. 안남시민연대처럼 말이다.

마르크 오제의 『비장소』는 1992년 초판이 나왔고 2008년에 영역본 제2판이 나왔다. 1992년까지만 해도 비장소가 주는 소외, 개인들의 고독감에 대해 우려를 표했던 마르크 오제는 16년이 지난 뒤 달라진 태도를 취한다. "아마도 오늘날의 예술가들과 작가들은 '비장소' 속에서 아름다움을 추구하도록, 시사적인 사건들의 외견상의 자명성에 저항함으로써 아름다움을 발견하도록 운명지어져 있을 것이다. 그들은 이를 다음과 같은 몇 가지 방식으로 수행할 수 있을 것이다. 어떠한 주석이나 사용법으로부터 절연된 대상들, 사물들의 수수께끼 같은 특성을 조명함으로써, 중개자로 통하고

자 애쓰는 미디어를 예술의 대상으로 취함으로써, 시뮬라크르와 미메시스를 거부함으로써."③ 2008년에 나온 영역본 제2판의 서문은 다음과 같은 문장으로 끝난다. "거기엔 아직도 한편으로는 수동성과 불안, 그리고 다른 한편으로는 모든 것에도 불구하고 희망, 혹은 적어도, 기대 사이에서 분열된 우리 시대의 이미지를 본뜬 유토피아의 조각들이 있다."

ㅓ

어떤 작위의 도시 – 서울을 아십니까

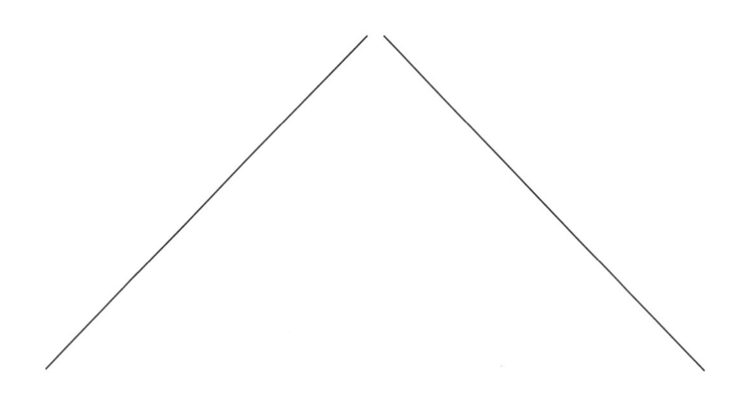

88~90년

현대음악의 선구자 중 하나이자 파시즘에 맞선 레지스탕스, 투철한 마르크스주의자였던 루이지 노노는 1988년에 「유토피아적 미래에 대한 그리움」을 작곡했다. 사회주의가 몰락할 즈음이었다. 1989년 프랜시스 후쿠야마는 『역사의 종언』을 발표했고, 1990년 루이지 노노는 베네치아에서 죽었다. 그해 나는 유치원을 졸업했다.

서울을 아십니까

한유주는 「사라지는 장소들」①이라는 글에서 레몽 크노가 쓴 책 『파리를 아십니까?』에 대해 썼다. 이 책은 456개의 질문으로 이루어진 책인데 이런 식이다.

3. 몽수리 공원의 전망대는 원래 무엇이었는가?
4. 생미셸 대로는 원래 어떤 이름으로 불렸는가?
6. 당페르 가가 당페르로슈로로 변경된 것처럼, 시의회가 말장난 때문에 이름을 바꾸었던 거리들은 어디인가?②

한유주는 이 책을 패러디해 '서울을 아십니까?'를 써보고 싶다는 생각을 잠시 했으나 곧 그만뒀다고 했다. 레몽 크노에 의하면 파리에 대한 질문은 지나치게 특이하거나 진부하면 안 되는데, 자신이 서울에 대해 떠올린 질문은 지나치게 특이하거나 진부했기 때문이다. 나도 그녀를 따라 서울에 대한 질문을 떠올려보았다. 세운상가에는 어떤 사람들이 살았습니까? 서강 나루터는 어디에 있었습니까? 엉컹크(UNCURK)는 어떤 모습이었습니까? … 역시 지나치게 특이하거나 진부한 질문이다. 왜 그럴까. 그건 어쩌면 서울이라는 도시가 지나치게 특이하거나 진부해서 아닐까. 레몽 크노가 파리에 대해 456개나 되는 질문을 떠올릴 수 있었던 건 그가 잘나서가 아니라(물론 그는 100조[兆]편의 시를 쓴 시인이지만) 파리가 그런 도시였기 때문인지도 모른다. 서울에 사는 그 누가 특이하지도 진부하지도 않은 질문을 떠올릴 수 있을까. 이 작위적인 도시에서.

Q 1. 쌍화차 또는 커피 중 뭘 마시겠습니까?

지금은 출간되지 않는 독립잡지 『FACE』는 인터뷰 전문잡지로 2012년 가을에 1호가 나왔다. 1호의 주제는 City & Space로 함성호 시인/건축가가 표지 인물이고 구남과여라이딩스텔라, 한받, 박해천, 배명훈 등 다양한 이들의 인터뷰가 실려 있다. 잡지의 끝자

락에는 세운상가에서 뉴스타전자라는 이름의 가게를 운영하는 김운민 씨의 인터뷰가 있다. 김운민 씨는 77세로(2012년 기준) 1967년 세운상가가 처음 생겼을 때부터 텔레비전 수리 일을 해왔다. 나는 그의 인터뷰가 굉장히 인상적이었는데 그가 두 페이지 남짓한 짧은 인터뷰에서 시종일관 허풍을 떨기 때문이다. 예를 들면 이런 식이다. 1970년대에는 세운상가가 동양 최고였다. IBM컴퓨터 같은 거 세운상가에서 하루 만에 뚝딱 만들었다. 한국에서 제일 먼저 컴퓨터 만든 곳도 세운상가다. 게임도 세운상가에서 처음 만들었다. 마음만 먹으면 헬리콥터와 로켓도 만들 수 있었다. 70년대에는 전 세계의 이목이 세운상가에 집중되어 있었다. 세운상가는 전자유토피아, 첨단 미래의 상징이었다.

김운민 씨는 세운상가가 망한 게 대기업 위주의 국가정책 때문이라고 했다. 나라는 세운상가를 짓기만 했지 어떤 지원이나 관리도 하지 않았고 세운상가의 노하우는 대기업에게 모두 뺏겼다는 게 그의 주장이다. 그는 세운상가는 절대 허물어져선 안 된다며(인터뷰 당시 세운상가 철거 계획이 논의 중이었다) 탁상공론으로 앉아 가지고 마음대로 뭘 없애버리고 만들고 하면 안 되는 거야, 세운상가가 자생적으로 일군 50년 노하우를 이대로 묻으면 안 되지, 여길 부활시켜야 돼, 라고 말한다. 인터뷰 말미에 그는 인터뷰어에게 묻는다. 뭐라도 마시고 가, 쌍화차 아니면 커피? 인터뷰어는 커피를 선택한다.

Q 2. 자유로에 가장 잘 어울리는 음악은?

2012년이었다. 나는 파주출판단지의 회사를 다녔는데 월말만 되면 야근을 했다. 월초에 있는 회의 때문이었다. 연말도 월말이니까 연말이라고 다를 게 없었다. 나는 2012년 마지막 날을 회사에서 보냈고 2013년 1월 1일 0시를 팀 동료들과 파주에서 맞았다. 포옹을 하거나 폭죽을 터뜨리진 않았다.

파주출판단지에서 처음 회사 생활을 시작했을 땐 내 처지가 이렇게 될 줄 몰랐다. 파주에 와본 적 없는 친구들은 나를 부러워했다. 강남이나 을지로보다 훨씬 좋겠네. 건축가들이 지은 명상적인 건축물과 파주의 고즈넉한 랜드스케이프 즐기며 산책도 하고. 강남이나 을지로에서 일을 안 해봐서 어떤지 모르겠지만 그곳보다 파주가 더 좋은 건 아니라는 사실은 금방 알 수 있었다. 예쁜 건물이 안 예뻐 보이는 건 내가 일을 해서일까, 자주 봐서일까. 파주출판단지로 출퇴근하면서 20대 초반 대구 성서산업단지의 자동차 공장에서 일하던 시절을 자주 떠올렸다. 자동차에 들어가는 고무 패킹을 생산하는 곳으로 주야 교대근무를 했는데 뜨거운 열기가 나오는 가류기 앞에서 12시간씩 서 있었다. 일은 고됐고 사람들은 말이 없거나 말을 걸지 않았다. 2주일 후 사수와 처음으로 대화라는 걸 했다. 사수는 20대 중반의 대머리 총각으로 말을 더듬었다. 그는 묻지도 않은 자신의 연애사를 늘어놓으며 여자 만나는 법에 대해 알려줬다. 물론 그가 알려준 방법은 단 한번도 쓰지 않았다.

나는 쉬는 시간이나 출퇴근 시간에 MP3플레이어로 음악을 들었다. 그게 유일한 낙이었다. 그곳은 말 그대로 공단이었고 노동자 외엔 아무도 없었으며 가끔 보이는 인간들은 3D 맥스 속 풍경처럼 보였다. 그래서 음악이 잘 어울렸다. 퇴근 시간의 출판단지도 마찬가지다. 해가 지면 아무도 단지에 남아 있고 싶어 하지 않는다. 이곳은 일이 끝나면 재빨리 떠나야 하는 곳이다. 원래 브릿팝을 즐겨듣던 나는 자유로에서 바흐와 친해졌고 엘레니 카라인드루나 크라프트베르크, 루이지 노노와 배리 매닐로우를 들었다(아무거나 막

들었다는 얘기다). 직장 선배는 퇴근길에 윤종신의 「자유로 선셋」을 들으며 눈물을 흘렸다고 했다. 내 생각에 자유로에는 크라프트베르크의 「더 맨-머신」이 잘 어울린다. 아우토반은 아니지만 어쨌건 일하러 가는 길이니까. 우리에겐 노동요가 필요하니까.

Q 3. 당신은 어느 동네에서 살고 싶나요?

앨리슨 루리의 1966년 소설 『어디에도 없는 도시』는 동부에서 서부로, 정확히는 로스앤젤레스로 이사한 부부 폴과 캐서린을 다룬다. 각양각색의 집으로 가득한 로스앤젤레스를 천박한 도시로 생각하는 캐서린과 달리 폴은 마음에 들어 한다. 폴과 캐서린의 충돌은 집과 건물, 도시에 대한 관점의 차이로 드러난다.

> 이 모든 것을 만들어낸 에너지에 폴은 즐겁고 기뻤다. 동부에서는 큰 부자들만 감히 그렇게 다양하게 건물을 지었다. … 사람들이 원한다면 파고다 모양으로 집을 짓고 터키 목욕탕 같은 형태로 식료품점을 짓고 배와 모자 같은 형태로 음식점을 짓지 못할 이유가 어디 있는가. 사람들이 짓고 부수고 다시 짓게 하자. 실험을 하게 하자. 몇몇 실험이 천박하다는 것만 볼 줄 아는 사람은 천박하다는 말의 어원을 찾아봐야 할 것이다.③

폴은 사뮈엘 베케트의 소설을 읽는 웨이트리스 세씨와 바람이 난다. 반면 캐서린은 자기 자신과 사랑에 빠진다. 소설의 마지막, 세씨와 헤어진 폴은 동부로 돌아가길 원하지만 캐서린은 로스앤젤레스에 남길 원한다.

인테리어 회사에 다니는 친구인 조규엽은 최근 60, 70년대 미국 서부의 인테리어와 건축에 빠졌다고 했다. 그쪽 분야에 지식이 없는 나는 그런 걸 왜 좋아하냐고 물었다. 조규엽은 작은 규모에서 자신이 원하는 걸 하라고 했을 때 생겨난, 조금은 자기도취적이며 제멋대로인 풍경이 마음에 든다고 대답했다. 그게 60년대와 70년대의 로스앤젤레스 풍경이라고 했다. 나는 그럼 판교는 어떠냐고 물었다. 지금 판교와 연관된 글을 쓰고 있는데 거기 가면 집들이 다 이상하다고 말이다. 그는 판교는 안 가봐서 모르겠다고 말했다. 사진을 보여주니까 별로라고 했다. 왜? 이유는 간단해. 지금은 60, 70년대가 아니잖아. 여긴 해변도 없고.

어떤 작위의 도시

나는 스무 살에 서울로 왔다. 서울은 적응 안 되는 도시였다. 나는 서울에서 한 번도 스스로를 자연스럽게 느껴본 적이 없다. 고향에선 그렇지 않았다. 고향은 고요하고 편안했다. 서울은 늘 뭔가 진행 중이었다. 모든 게 계획됐고(엉터리로) 복잡했으며(엉터리로) 요란했다(이건 제대로다). 그런데 어느 순간부터 서울이 익숙해지기 시작했다. 고향에 내려가면 지루했다. 토킹 헤즈의 노래 「헤븐」의 가사처럼(where nothing, nothing ever happens) 거기선 아무런 일도 일어나지 않았다. 늘 뭔가를 하고 있는 서울에서 편안함을 느끼게 된 것이다.

그 편안함은 내가 어떤 작위의 세계 속 한가운데에 있기에 주어지는 것 같았다. 나는 오래도록 너무도 작위적인 삶을 살아왔고, 이제는 작위적인 것이 내게는 자연스러웠다. … 완벽한 작위의 세계가 그 숲 너머에서 나를 기다리고 있는 것 같았고, 작위를 통해

서만 가 닿을 수 있는, 막연하고 난처하고 혼란스러우며, 부자연스럽고 어둡고 가망이 없지만 그것으로부터 벗어나는 것은 생각조차 할 수 없는 세계가, 깊어지는 뭔가가 있는 것 같았고, 작위로써 완성해갈 수밖에 없는 삶이 내 앞에 가로놓여 있는 것 같았다.④

루이지 노노가 「유토피아적 미래에 대한 그리움」을 작곡했을 때는 위대했던 작위의 시대가 끝난 뒤였다. 오랜 시간 거듭해온 사회주의라는 실험은 끝났고 신자유주의라는 불길한 현재만 남았다. 정치만 그런 게 아니었다. 음악, 미술, 문학, 건축 모두 동력을 잃은 지 오래였다. 미래는 실현되지 않았다. 그가 미래를 그리워할 수 있었던 건 미래가 과거에 있었기 때문이다. 그가 살았던 유럽에선 20세기 초중반이 미래였다. 유럽은 이후 내내 내리막이었다. 미래에 대한 희망도 기대도 없이 냉소적이기만 할 때 더 이상 작위는 필요 없다. 작위는 일종의 역동성이다. 작위는 뭔가 하려고 할 때 발생한다. 그래서 작위적인 건 우스꽝스럽지만 작위적이지 않은 채 할 수 있는 건 존재하지 않는다. 그러니 베케트의 유명한 전언을 이렇게 바꿔볼 수도 있지 않을까. 작위하라, 더 잘 작위하라. ㅓ

내 모터를 통해 나는 더 이동적이 될 것이다 – 출퇴근에 대해

"내 모터를 통해 나는 더 이동적이 될 것이다"①

마포구에서 강남으로 출퇴근하던 시기가 있었다. 선릉역의 어느 대기업 인턴으로 일할 때였는데 합정에서 2호선을 탔다. 지하철을 탈 때마다 생각했다. 출퇴근 시간도 노동 시간에 포함시켜야 한다. 고용주한텐 씨도 안 먹힐 소리지만 나는 진지했다. 나인 투 식스라는 정해진 시간에 근무하길 원한다면 그 시간을 지키기 위해 이동하는 시간과 노력도 회사에서 책임져야 한다고 말이다. 물론 아무도 내 말을 듣지 않았다. 마포구에서 파주출판단지로 출퇴근하던 시절에도 비슷했다. 처음에는 광역버스를 탔고 이후에는 자차를 이용했는데 뭔가 잘못됐다는 느낌을 지울 수 없었다. 이 거대한 낭비는 뭐지. 왜 모두 같은 시간에 차를 끌고 나와 교통체증에 시달리는 걸까? 이런 제도를 만든 사람은 정신이 이상한 게 분명하다. 반면 내 말을 들은 어머니는 니 정신이 더 이상하다고 말씀하셨다. 어머니는 남자라면 모름지기 자기 차를 타고 아침저녁 출퇴근을 해야 한다고 믿었다. 그게 제대로 된 어른이라고 말이다.

이스탄불의 출근 시간 교통문제를 민족지적으로 연구한 베르나 야지지는 교통을 "도시 불평등이 일어나는 사회적 장소"라고 분석했다. 바다를 사이에 두고 아시아와 유럽에 걸쳐 있는 이스탄불은 교통체증으로 악명 높다. 매일 아침 100만 명이 넘는 통근자들이 두 대륙을 잇는 다리를 이용하는데 계층에 따라 이동 수단이 상이하다. 일용직은 트럭 짐칸에 실려 이동했고 직장인은 만원 버스를 탔으며 부유한 사람들은 자차를 이용했다. 흥미로운 건 계급의 극단에 있는 사람들이었다. 최상류층은 교통체증을 피해 헬리콥터로 이동하거나 구급차-택시로 도시를 가로질렀다. 구급차-택시는 최상류층이 소유한 개인 구급차를 일컫는 말이다. 한편 빈민층은 그냥 걸어다녔다. 도시의 치안이나 날씨 등 궂은 환경에도 불구하고 걷는 것 말고는 다른 대안이 없었다. 한쪽은 도시 교통을 면제받았고 다른 한쪽은 배제당했다.② 그러니까 요약하면 이동(수단)은 정체성이자 권력이며 이데올로기다.

이동의 재현

요즘 나의 이동 경로는 대부분 마포구로 한정된다. 마포구청에서 합정이나 망원 또는 연희동으로 이동하며 공유 자전거나 킥보드를 이용한다. 버스나 자동차보다 빠르고 간편하지만 자동차들의 위협을 받거나 사람들의 눈총을 받는 건 피할 수 없다. 특히 킥보드에 대한 법령이 제정되고 미디어의 선정적인 기사가 나온 이후로는 죄인이 된 기분이다. "전동킥보드 사고, 3년간 8배 급격히 증가"③ "박명수, 촬영 중 '난폭 운전 킥보드'에 사고당할 뻔 '아찔'"④ 하루가 멀다 하고 나오는 기사에서 킥보드는 거리의 폭군이자 흉기다. 그런데 조금만 생각해보면 뭔가 이상하다. 정말? 킥보드가 그렇게 위험해? 자동차가 위험한 게 아니고?

지리학자 팀 크레스웰은 이동이 세 가지로 구성된다고 말한다. 첫째, 물리적 이동. 둘째, 이동의 재현. 셋째, 이동의 체화되고 경험된 성격.

두 번째 이동의 재현에서 이동은 항상 국가나 기관, 미디어에 의해 좋은 이동방식과 나쁜 이동방식으로 구분된다. 일반적으로 개발도상국은 철도나 자동차를 좋은 이동방식으로 재현하고 선진국은 걷기를 좋은 이동방식으로 재현한다. 이러한 재현의 양상을 따라 킥보드는 기존 질서를 위협하는 악이 된다. 누가 저들에게 도로와 인도를 점거할 권한을 줬는가! 킥보드를 쫓아내라! 그러나 진짜 문제는 시속 20킬로미터로 달리는 자그마한 킥보드가 아니라 자동차다. 사상 사고를 내는 것도, 인도를 잠식하고 환경을 오염시키고 미관을 해치는 것도 자동차다. 누가 자동차에 그런 권한을 줬을까?

한국에선 자동차가 왕이다. 자동차 권력이 너무 심하다 보니 그게 권력인지도 모를 지경이다. 이런 현상을 자연화라고 한다. 이데올로기가 상식이 되어버린 것이다. 이성애나 가부장제처럼 말이다.

민식이법과 관련된 논쟁도 자동차 권력과 함께 생각할 수 있다. 민식이법은 어린이보호구역의 안전을 강화하기 위해 제정된 법이다. 법 시행과 동시에 청와대 국민청원에 민식이법의 폐지를 요구하는 글이 올라왔다(2020년 3월 23일 "민식이법 개정을 청원합니다."). 35만 명의 지지를 받은 청원의 요지는 가중처벌이 형평성에 어긋나며 운전자를 잠재적 범죄자로 간주한다는 것이다. 익명의 운전자들은 민식이법 놀이를 근거로 든다. 초등학생들 사이에 운전자를 골탕 먹이려고 차에 뛰어드는 놀이가 유행이란다. 그들의 주장에 의하면 초등학생들은 자해공갈단보다 더한 악질이다. 이런 제목의 기사도 있다. 「학교 앞에서 차 만지면 용돈… '민식이법 놀이' 공포 확산」.⑤ 물론 이 놀이가 사실로 규명된 사례는 없다. 이렇게까지 민식이법과 어린이들이 혐오 받는 이유는 뭘까. 운전자가 스스로를 피해자로 생각하는 사고방식은 묘하게도 성범죄와 관련된 남성들의 피해의식과 닮아 있다. 모든 남성을 잠재적 성범죄자로 간주하지 말라는 식이다. 코로나, 경제 위기 등과 겹치며 심화된 소수자와 약자에 대한 혐오와 상상적 위협에 대한 공포는 이동 권력에서도 예외가 아니다.

모빌리티 네트워크

자동차가 점점 나쁜 이동방식으로 재현되고 있는 것은 그런 의미에서 다행이다. 언론이나 미디어, 국가에서도 걷기와 자전거를 권장하고 좋은 방향으로 재현한다. 그러나 사실 요점은 어떤 이동방식이 좋다 또는 나쁘다에 있지 않다. 자동차를 지나치게 악마화하는 것 역시 한쪽 측면만 보는 것이다. 자동차는 여성의 권력을 신장시키고 젠더 위계를 뒤흔드는 수단이 될 수도 있다. 「델마와 루이스」가 가장 유명한 사례다. 닐 아처는 이 영화가 정체성, 욕망, 쾌감에 대한 복합적인 질문을 탐색할 가능성을 보여주었다고 주장한다.⑥ 인종 문제 역시 마찬가지다. 1960년대까지 흑인이 운전하는 건 손가락질 받는 행위였지만 새로운 경제적 위치를 획득한 흑인 부르주아들은 아이젠하워 대통령이 냉전용으로 기획한 주간고속도로를 타며 자유를 만끽했다. 오스트레일리아의 선주민과 백인 정착민 사이의 갈등에서도 자동차는 복합적인 재현의 양상을 띤다. 모빌리티는 식민지 설립의 주요소였다. 백인들은 선주민 집단을 자동차를 두려워하는 미개인으로 재현했지만 실제 선주민들은 자신들만의 자동차 문화를 만들어냈다. 선주민 무루뮤 왈라바라는 저항의 의미로 부족의 번호판을 단 차를 타고 수도 캔버라에서 드라이브할 것을 선언했다. 자동차 권력을 재맥락화한 것이다.⑦

모빌리티는 제도와 산업, 젠더, 인종, 계급 등이 교차하는 네트워크다. 이러한 네트워크 속에서 이동은 재현에 속박되는 동시에 재현을 뛰어넘기도 한다. 버지니아 울프는 산책을 찬양한 만큼 자동차의 움직임도 찬양했다. 그의 관심은 다양한 모빌리티의 어울림이었다. 앤드류 대커는 울프의 모빌리티가 "양성구유적 정신의 유동성과 연결되어 있다."⑧고 설명한다. 그러므로 다양성이 존중받는 평등한 사회를 원한다면 이동 수단 역시 평등해져야 한다. 하나의 수단이 아닌 여러 장치를 갈아타며 이동하기. 어쩌면 이러한 움직임의 교차가 우리의 정체성을 더 유연하게 만들지도 모른다. 여러 이동 수단을 사용하는 것은 더 다양한 사람들과 접촉하고 더 내밀한 도시 풍경과 마주친다는 의미니까 말이다. ┤

Gate 3

DIMENSION

나는 그것이 환영임을 알고 있다, 그럼에도 불구하고…

이거 파일 용량이 왜 이래? 메일함을 열었다가 깜짝 놀랐다. H가 영화를 보내준다길래 별 생각 없이 알겠다고 했는데 48기가였다. 사십팔기가? 옆에 있던 코코가 말했다(참고로 코코는 나의 반려견이다. 사람들은 내가 개랑 이야기한다는 사실에 놀라지만 코코는 개가 아니라 개의 탈을 쓴 인간이다. 단지 외견상 개로 보일 뿐이다). 무슨 영화가 사십팔기가씩이나 해? 심지어 H가 보내준 영화는 알레한드로 조도로프스키(Alejandro Jodorowsky)의 1973년 작 「홀리 마운틴」(Holy Mountain)이었다. 포르노로 오인 받아 문민정부 전까지 정식 수입되지 못하고 불법 복제한 빨간 비디오로 세운상가 2층 행운비디오에서 은밀히 거래되며 전설처럼 떠돌다 21세기에 이르러 극장 개봉한 그 영화? H는 조도로프스키의 「엘 토포」(El Topo)와 「홀리 마운틴」이 8K로 리마스터링됐다고 말했다. 컬럼비아 대학의 리카르드 페냐(Richard Peña) 교수의 "A to Z of The Holy Mountain" 영상도 서브타이틀로 있어. 리카르드 페냐? 그게 누군데? H는 내 질문을 무시하고 계속 말했다. 「이웃집 토토로」도 디지털 리마스터링 버전으로 극장 개봉했더라. 봤어? 응. 근데 애니메이션도 필름이야? 뭐라고? *애니메이션은 원래 디지털 아니냐고?* 아… 디지털이 뭔데? 나야 모르지…

문제는 내 컴퓨터가 48기가짜리 동영상 파일을 재생하지 못한다는 사실이었다(「홀리 마운틴」을 굳이 8K로 봐야 되는지에 대한 의문은 접어두자. 내 모니터가 8K를 지원하는가에 대한 의문도…). H는 난감한 표정을 지었다. Holy SHIT! 너 요즘 사람 맞아? 요즘이 언젠데? 육만삼천오백ppi 시대. 미래에서 온 미술 친구 H가 말했다. 뭐라고? *6만 3500피피아이 시대라고*. 이미 유기발광다이오드가 8K 화질을 달성했어. 발광 뭐?

코코와 나는 용산 전자상가에 가기로 했다. 거긴 왜 가? 미래에서 온 미술 친구 H가 물었다. 니가 보내준 영화를 보려면 새 노트북이 필요하잖아. 내가 말했다. 근데 우리 어떻게 대화하고 있는 거야? 코코가 물었다. 왜냐하면 H는 베를린에 있었고 우리는 핸드폰도 없이 대화를 나누고 있었기 때문이다. 심지어 미소를 짓고 있는 H가 합정 오거리의 주상복합 아파트를 배경으로 허공에 오버랩되어 있었다. 물결처럼 흔들리는 H의 영상이 석양 속에서 붉게 물들었다.

잠깐 이야기를 정리하면, H는 망막에 이식된 스크린과 생체 인터페이스를 통해 우리와 대화를 나누고 있었다. 스크린은 어디에나 있어. H가 말했다. 스크린의 계보학을 요약하면 다음과 같아. 알베르티식 원근법적 평면인 1) 고전적 스크린/ 동일한 평면이지만 이미지가 움직이는 영화와 같은 2) 역동적 스크린/ 과거의 이미지가 아니라 현재의 이미지를 담은 레이더와 같은 3) 실시간 스크린/ 시간과 장소, 형태의 구분을 뛰어넘어 모든 건축물과 사물에 새겨진 4) 전방위 스크린/ 그리고 최종적으로 신체와 동일화된 5) The

Last Screen. *I think the screens are now disappearing and the world itself is becoming a screen.*

흠… 코코가 말했다. 왈왈 왈왈 왈왈왈(너 뭐, 미디어의 역사 레포트라도 쓰는 거야?). 미래에서 온 미술 친구 H는 고개를 저었다. 나는 지금 심각해. 그리고 용산은 가지 마. 요즘 누가 용산에서 노트북을 사냐…

사라져야 할 것들은 사라지지 않고 사라지지 말아야 할 것들은 사라졌으며 오지 말아야 할 것들은 이미 왔고 왔어야 하는 것들은 지연되는 지금, 현재를 동시대라고 할 수 있을까. 모든 동시대는 동일한 종류의 동시대성을 담지하고 있는 걸까. "컨템포러리는 스트리밍처럼 저장되지 않는 특성을 가지고 있어" 재현이 과거를 저장하고 재-현했다면 라이브 스크린의 시대에는 그럴 필요가 없다. 지금 여기 새로운 이미지가 계속해서 전송되는, 과거와 미래의 구분이 없고 역사도 무의미한 실시간 플레이리스트의 세계.

8K 해상도는 야구장 관중석에서 150m 거리인 반대편 외야 관중석에 앉은 사람의 표정을 파악할 수 있는 수준의 해상도다.

마이크로LED 800만 개를 박은 삼성전자 110인치 마이크로LED TV 가격은 1억 7천만 원이다.

"우리는 이제 초고해상도의 환경 기록과 비슷한 초고해상도의 역사 기록을 통합할 수 있는 능력을 확보한 새로운 시대를 열었다"

그는 "정보화 시대의 건축이 (산업화 시대를 위한 공간이 아니라) 커뮤니케이션을 위한 공간이 되어야 한다"라는 전망을 제시한다. 벤투리는 "건축이 도상적 재현물로서 언제나 그 표면에서 전자적 이미지를 발산해야 한다"라고 주장한다.

소니는 2012년부터 크리스탈 LED라는 자체 버전을 제조하고 있다.

밝고 선명. 그리고 무기의 소재 특유의 안정성. 그런 LED의 특성을 최대한 살릴 수 있도록 미세한 광원과 확장 디스플레이 시스템이 채용된 "Crystal LED Display System"은 영상 전문가조차 경악

LG전자 한국HE마케팅FD 손대기 담당은 "올레드 TV의 차원이 다른 화질은 르 코르뷔지에의 건축물을 눈앞에 펼쳐놓은 듯한 생생한 감동을 전할 것"이라고 강조했다.

금성사는 1966년 8월 우리나라 최초로 'VD-191' 48cm(19인치)짜리 흑백 TV 500대를 생산했다.

1966년 10월 서울시는 건축가 김수근이 있는 한국종합기술개발공사와 세운상가 A-D지구 설계용역을 체결하고 시공업자를 선정하는 일에 착수하였다.

해상도 [resolution, 解像度]

화면 또는 인쇄 등에서 이미지의 정밀도를 나타내는 지표

단위로는 1인치당 몇 개의 픽셀(pixel)로 이루어졌는지를 나타내는 ppi(pixel per inch), 1인치당 몇 개의 점(dot)으로 이루어졌는지를 나타내는 dpi(dot per inch)를 주로 사용한다.

해상도는 그 용도와 방법에 따라서 몇 가지로 나누어진다. 절대 픽셀 해상도인 8비트는 2의 8제곱인 256색상, 24비트는 2의 24제곱인 1677만 7216색상을 표현할 수 있다. 다음으로 이미지 해상도를 들 수 있다. 픽셀 해상도가 하나의 픽셀을 만드는 데 사용되는 색상의 수를 뜻하는 것이라면, 이미지 해상도는 하나의 비트맵 이미지가 몇 개의 픽셀로 구성되었는지를 뜻하는 것으로, 용량과 밀접한 관계가 있다.

어떤 이미지가 72dpi라면 가로 1인치에 72개의 점과 세로 1인치에 72개의 점, 총 5184개의 점(dot 또는 pixel)으로 이루어졌다고 할 수 있다.
모니터 해상도는 한 화면에 픽셀이 몇 개나 포함되어 있는지를 말하는 것으로, 대개 가로의 픽셀 수와 세로의 픽셀 수를 곱하기 형태로 나타낸다. 곧 1024×768는 가로 1024개, 세로 768개의 픽셀로 모니터에 나타낸다는 표시이다. 같은 해상도라도 크기가 작은 모니터에서 더 선명하고, 큰 모니터로 갈수록 면적이 넓어지므로 선명도가 떨어지게 되는 것이다.

– 네이버 지식백과, 출처: 두산백과

TV에 관한 짧고 중요하지 않은 역사

인간을 혐오하는 미디어철학자 프리드리히 키틀러는 TV를 전쟁용 전자공학에서 파생된 민간용 부산물이라고 생각했다. TV만큼 동시다발적으로 발명되고 서로가 창시자라고 주장하는 물건이 없다. TV는 인간이 소망한 게 아니며 에디슨과 같은 특허권자는 존재하지 않는다. 그러나 대신 파울 니프코브가 있다. 니프코브의 발명은 전쟁기술 시스템의 우연하고 복잡한 부산물인 TV의 초기 역사에서 유일하게 문학적인 흥취를 간직한, 독일 낭만주의의 끝물을 탄 이야기이다.

아래는 지난 세기 말 베를린 훔볼트 대학교에서 진행된 프리드리히 키틀러의 14회차 강연 중 일부를 들었다고 주장하는 H의 회고와 국내에 출간된 키틀러의 『광학적 미디어』(번역 윤원화)의 내용을 빌려 서술한 것이다.

때는 바야흐로 1883년, 가난하고 소심한 스물세 살의 물리학도 파울 니프코브는 좁은 기숙사 방에서 크리스마스 이브를 보냈다. 방에는 촛불을 꽂은 작은 전나무, 싸구려 석유등, 그리고 유일한 친구 올리버가 선물로 훔쳐다 준 제국우편국 소속 전화기 한 대가 놓여 있었다. 올리버는 타고난 도둑으로 다섯 살 때 어머니의 손거울을 훔치며 이력을 시작했다. 올리버를 매혹한 건 반짝이는 것, 새로운 기술, 신제품, 복잡하고 쓸모없는 기계들로, 올리버는 개발과 실험에 실패한 발명품들의 지옥에서 파울에게 줄 뭔가를 물어다 주곤 했다. 파울은 올리버를 어미새라고 불렀고 그때만 해도 엘리트였던 파울이 굉장한 과학자가 될 거라고 두 사람 모두 믿어 의심치 않았다. 파울의 스승은 헬름홀츠였고, 물론 올리버는 헬름홀츠가 누군지 몰랐지만 헬름홀츠의 제국물리기술연구소가 지멘스의 후원 아래 운영되는 건 알고 있었다.

SIEMENS

같은 해, 한편의 소설이 출간됐다. 이스마르 티우센의 『디오타 자매들, 또는 먼 미래』(*The Diothas; or, A Far Look Ahead*). 스코틀랜드 출신의 학자이자 몽상가인 존 맥니가 이스마르 티우센이라는 이름으로 출간한 이 유토피아 소설은 19세기의 한 사내가 최면술을 통해 96세기의 미래 사회로 시간 여행을 하는 내용을 담고 있다. 안내자인 우티스 에스타이(Utis Estai)는 사내를 미래의 뉴욕과 자신이 사는 교외 마을로 안내하며 96세기의 건축과 교육, 기술에 대해 알려준다.

파울과 올리버는 이 소설에 열광했다. 그들은 부족한 영어로 떠듬떠듬 소설을 읽어나가며 천 년 후의 미래를 상상했는데 그중 VARZEO라는 물건도 있었다. 소설은 VARZEO를 이렇게 묘사한다.

> 멀리 떨어진 장면을 우리 눈앞에 보여주는데 얼마쯤 지난 시간이 아니라 바로 그 순간에 일어나는 장면을 보여준다. 현실에서 이 거울은 독특한 금속성 화면이다. 장면이 전송되기 전에 이 화면을 적절하게 설치하면 전화로 소리가 전송되듯 그림이 전송되어 나타난다.

올리버가 파울과 함께 먹을 슈톨렌을 훔치기 위해 메클렌부르크의 빵집을 기웃거리던 그날 저녁, 홀로 콧물을 흘리며 기숙사 방에 앉아 있던 파울은 자신이 제국의 전화기로 VARZEO를 만들 수 있다는 사실을 깨닫는다. 그의 "마음" 속에(파울은 자신의 발명을 회고하며 영감이 머리가 아닌 마음에 떠올랐다는 점을 분명히 했다) "니프코브 원반"의 형태가 절로 떠오른 것이다.

스코틀랜드의 철학자 겸 인쇄업자 알렉산더 베인은 이미지 전송의 기본 원리를 정리했고 파울은 이 원리를 완전히 꿰고 있었다. 1)이미지는 낱낱의 점으로 쪼개지고 2)선을 통해 수신기로 전송된 후 3)깜빡이는 이미지로 재조합되어야 한다.

니프코브 원반은 고정된 축을 중심으로 회전하는 금속제 원반으로 나선형 구멍이 배열되어 있다. 원반이 회전하면 이미지의 서로 다른 지점에서 나온 광선이 구멍을 통해 고정된 광전지에 닿는다. 광전지는 빛의 변동을 전류의 변동으로 변환한다.

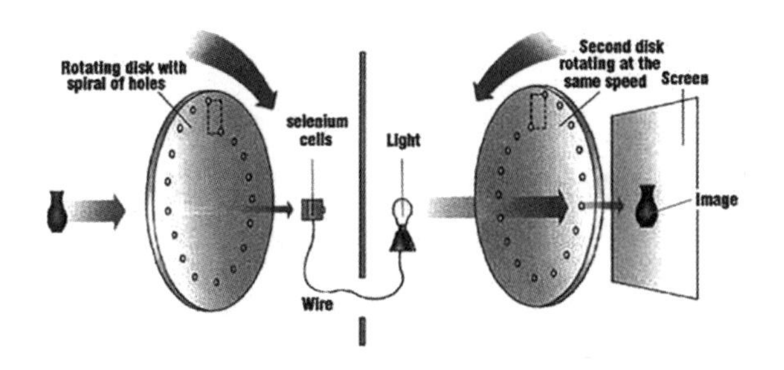

올리버는 안타깝게도 파울의 발명이 실현되는 걸 보지 못했다. 사실상 올리버는 니프코브 원반의 원리도 이해하지 못했다. 하지만 그는 소설을 이해했고 파울이 소설을 통해 그에게 해준 말을 이해했다. 그러니까 이제 우리는 거울로 우리 얼굴뿐 아니라 멀리 떨어진 사람의 얼굴도 볼 수 있고 목소리도 들을 수 있는 거야? 올리버가 물었다. 파울은 올리버가 훔쳐 온 슈냅스를 한입에 털어넣으며 외쳤다. 그뿐만 아니야! 세계가 **VARZEO**로 가득 찰 거야! 파울은 말했다. **VARZEO** 속의 우리 모습은 실제 우리보다 훨씬 아름답고 선명할 거라고, 그곳에선 훔친 빵이나 술 따위는 먹지 않아도 된다고, 왜냐하면 스크린 속의 우리는 가난하지도 배고프지도 늙지도 않을 테니까.

“낡은 TV 속여 팔아”

동아일보 1972년 4월 21일

中古 TV受像機를 새것으로 속여파는 수가 있다.
서울 서대문區 불광洞 李호식씨는 지난 二月二十九日 서울 세운商街 〈신흥상회〉에서 새것으로 구입한 금성사製 TV수상기(二十인치 82S型)가 부속품을 갈아 끼운 中

古品이라고 서울市 소비자 상담소(七五-六四-三)에 신고해 왔다.

문제의 TV는 구입한 지 한 달 만에 말소리만 들리고 화면이 나오지 않는 등 고장이 생겨 이를 수리해주러 출장 나갔던 금성사 직원이 내부를 뜯어보고 他社 부속품이 끼어져 있으며 여러 번 손질한 흔적을 발견, 수리를 거부함으로써 밝혀졌다.

신고를 받은 서울市서 진상을 알아본 결과 TV를 판매한 신흥상회도 중간 상인을 거쳐 물건을 사들였기 때문에 어느 과정에서 새것으로 둔갑했는지 규명할 길이 없어 결국 TV를 구입한 李씨만 손해를 보게 됐다.

다만 금성사 측은 레테르만이라도 자사 제품의 것이라는 점을 감안, 앞으로 一年 동안 無料 서비스를 진행하겠다는 약속을 했다.

현재 TV상점들이 밀집해 있는 세운상가에는 국내 市販이 금지된 파월장병용 등 출하과정이 不明한 각종 TV가 범람하고 있는데 이중 不良品이 끼어 있다고 한다.

문제의 TV도 파월장병용으로 出庫 번호를 보면 이미 一年 전에 出荷, 그동안 몇 사람의 손을 거쳤는지 알 수 없다는 것.

미래에서 온 미술 친구 H는 청계천에서 코코를 산책시키며 모든 아이디어를 떠올렸다고 말했다. 을지로와 종로에 도열한 건물들을 봐. 도시 경관과 도시 재생, 시민들의 복지를 핑계로 세계가 스크린化 하고 있어. 이 세계가 스크린이라면 중요한 건 결국 해상도야. H는 즐겨 찾는 "잠수 일지"라는 블로그에서 본 카이에 뒤 시네마의 기사를 떠올렸다. "씨네마테크는 셀룰로이드 피부를 원하는가?" 기사는 영화 필름의 디지털 복원에 대한 것이었다. 저자인 샬롯 가르송(Charotte Garson)은 묻는다. 영화가 기억을 잃는다면? H는 코코에게 말했다. 영화를 도시로 치환해봐. "도시가 기억을 잃는다면?" 도시 재생=디지털 리마스터링. 거리와 건물은 새로운 시대에 맞게 "재생"되어야 한다. 여기서 재생은 recycle인 동시에 playback이야. 기존의 형태는 유지하되 더 깨끗하고 선명하게, 어둡고 칙칙한 부분은 걷어내고 산뜻한 RGB컬러와 신소재를 입힌 모습으로 play. 코코는 문득 요의를 느꼈고 미래에셋 센터원 빌딩의 거대한 LED 전광판 아래에서 오른발을 들었다. 무슨 짓이야! H가 소리를 질렀지만 코코의 자그마한 성기에서 pH 5에서 6.5의 약산성 액체가 쏟아져 나왔다. 좋은 건물의 좋은 점은 볼일을 보기 좋다는 사실이야. 코코가 말했다. 물론 코코는 목줄과 입마개를 하고 있었고 소리를 내지 못했지만 H는 뇌파를 언어로 전환하는 BCI 번역기로 코코의 말을 알아들었다. 불공평하지 않아? 뭐가? 나만 입마개를 한다는 사실이? 왜? 개들은 이렇게 생각해. 우리가 가끔 사람을 물긴 해. 하지만 사람이 사람을 때리거나 죽이는 것만큼 우리가 물까? 사람들 손에 수갑을 채워서 산책을 다니진 않잖아. 죄를 짓기도 전에 처벌하는 건 너무 비윤리적이야. 미래에는 개들의 입마개를 풀어줘? 아니면 사람도 입마개를 해? H는 까마득히 멀게 느껴지는 미래를 떠올려보았다. 미래라고 달라지는 건 없었다. 코코에게 진실을 말해야 할지 모르겠어. H가 내게 말했다.

나는 볼로냐의 마조레 광장의 팔라초에서 마우리츠 스틸레르의 영화 「형제에 맞선 형제」(brother against brother)(1913)를 보고 있었다.

볼로냐는 기억과 복원을 위한 영화 도시다. 죽은 기억이 부활하는 곳, 낡고 썩어가는 표면이 재생하는 곳. 시네마 리트로바토(il cinema ritrovato)는 치네테카 볼로냐에서 매년 열리는 영화제로 먼지 쌓인 아카이브에서 찾아낸 필름을 복원해 상영한다. 「형제에 맞선 형제」는 바르샤바의 필름아카이브에서 발견됐다. 틴팅된 질산염 프린트였고 상태가 꽤나 좋았던 모양이다. 스웨덴 필름 아카이브는 이를 듀프 네거티브로 만들고 다시 자막을 입혀 새 필름으로 복원했다. 영화는 전쟁의 위협 속에서 한 여자를 두고 다투는 형제의 이야기이다. 원작은 에밀 졸라의 소설 『패주』(*La Débêcle*).

나한테 개를 맡겨 두고 이탈리아의 영화제에 갔단 말이야!? 에밀 졸라를 각색한 잊힌 걸작을 보고 있다고? H가 투덜거렸고 나는 어깨를 으쓱했다. 그렇지만 이 영화는 걸작이 아니고 원작도 아니다. 복원은 "보존"이 아니다. 사람들은 이 사실을 망각한다. 높은 해상도는 매체와 물질의 고유한 속성이 아니며 실제 현실은 갈수록 흐릿해지고 있다. 컬러로 부활한 고전 영화를 봐. 그게 뜻하는 게 뭘까? 우리가 과거의 색을 다시 보는 거라고 할 수 있을까? 그건 불가능한 욕심, 일종의 페티시 아닐까? 르 코르뷔지에의 예언이 맞았어. 세계는 진보할수록 시각 중심으로 재편된다. 예술가와 건축가와 철학자가 발버둥쳐도 도도한 탈물질화의 흐름을 막을 수 없다. 하지만 미래에서 온 미술 친구 H의 생각은 달랐다. *노화야말로 가장 부자연스러운 자연 현상이다*. 피부가 좋아지는 걸 원하지 않는 사람은 없어. 더 밝은 톤, 더 매끈하고 잡티 없는 피부를 원하지 않아? 아날로그와 물질은 사라지지 않아. 단지 주류에서 밀려날 뿐. 미래에는… 으악! 말을 이어가던 H가 갑자기 비명을 질렀다. 왜 그래? 코코가 똥을 쌌어! 푭백 없어? 망할… H가 중얼거렸다. 말할 줄 아는 개라니까 똥은 안 쌀 줄 알았지… 나는 코코의 조끼 주머니에 호주

산 친환경 폽백이 있을지도 모른다고 했다. 윽! H가 다시 비명을 질렀다. 왜? 코코가 똥을 먹으려나 봐! H가 급하게 코코를 안았다. 코코의 네 발이 허공에서 버둥거렸다. 왈왈 왈왈왈 왈왈왈왈 왈왈왈 (전체 피부 수치가 이미지의 전체 픽셀 수의 30퍼센트 이하라면, 그리고 외곽 폴리곤 안의 피부 픽셀 수가 그 폴리곤 크기의 55퍼센트 이하라면, 그 이미지는 나체가 아니야).

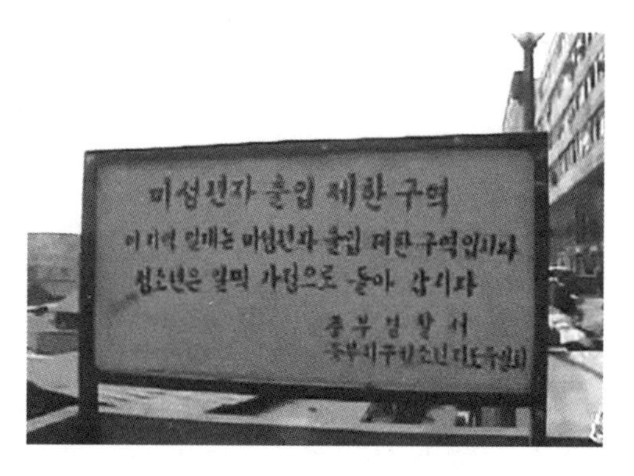

저해상도의도시는동시대코스모폴리스의추방된존재이며시청각적자본주의의잔해이자디지털경제의해변으로밀려온쓰레기다그것은장소의급격한위치상실전이변위를즉시청각적자본주의하에서악순환하는도시개발과이미지의가속과유통을증명한다저해상도의도시역사는구술과야사조각난기억으로이루어져있다그곳은외국상인들의거처였고식민지의소개로였으며국가형성초기의사창가였고개발도상국의기술메카였으며저작권을거역하는불법적인통로인동시에문화유산도시재생의떡밥이자미끼로도시인의시청각적자아에대한암시로건네진다저해상도의도시는과학기술과약속과건축도시계획의청사진을조롱한다저해상도의도시이미지는상품혹은상품의모형으로역사의모형이나역사그자체로출판물과보고서인터넷을떠돌아다닌다그것은쾌락혹은죽음의위협을음모론이나해적판을

저항또는무능력을유포한다해상도의결여는물질적인문제로바뀐다잘맞는초점날카로운선예도를자랑하는외관과표면은안락하고특권적인계급적지역이되는한편맞지않는초점낡은외관과불투명하고뒤엉킨표면은지역의가치를절하한다저해상도의 도시는 지역 자체의 내용이나 외양을 뛰어넘어 지역이 주변화되는 조건들, 이 지역을 유통되게 만드는 사회적 힘의 성좌를 폭로한다 저해상도의 도시는 이미지 계급 사회 내에서 누구도 방문하지 않고 누구도 거주하지 않으려 하기 때문에 빈곤하다 이 지역은 불법적인 혹은 저하된 상태 때문에 이미지 계급 사회의 척도에서 면제된다 이 지역의 해상도 결여가 그것의 전용과 변위 과정을 확인해준다. 다시 말해 저해상도가 지역의 저렴한 월세와 손쉬운 접근과 이용을 허락한다이러한조건은단순히도시개발및재생의신자유주의적 재편과연결되는것만은아니다이는또한포스트사회주의및탈식민주의적으로재구축된국민국가그리고 그문화및아카이브와도연관이있다몇몇국민국가가해체되거나붕괴된한편으로새로운문화와전통이발명되어 새로운 역사가 창조되었다. 이 과정은 명백히 도시 아카이브의 운명에 영향을 미친다 대부분의 경우 낙후된 지역의 유산 전체는 자국 문화의 틀로부터 보호받지 못한 채 방치된다 저해상도의 도시는 기술의 발전과 건설을 국가의 과제라 여겼던 덕에 설계와 실현이 가능했던 건축물 및 도시 개발 등 다양한 종류의 실험적이고 무모하고 과시적인 시도의 몰락 혹은 강등을 폭로한다 저해상도의 도시는 국가가 부여한 자신의 역할을 잃음으로써 새로운 아우라를 부여받는다. 아우라는 더 이상 장소의 영원성에 기인한 것이 아니라 장소의 무상함에 발 딛고 있다. 더 이상 국민국가나 기업의 틀에 의해 매개되고 지원받았던 고전적인 공공 영역에 닻을 내리고 있지 않으며 일시적이고 의심스러운 인물들의 방문과 거주에따라변형되고치장된다자신의지위자체만큼이나양가적인저해상도의도시는카본지로복사된소책자유랑선전선동영화지하비디오잡지처럼미학적으로종종값싼재료를사용했던여타비관습적자료들의계보를 잇는다저해상도의도시는많은과거도시와건축작품들의내세를체현한다저해상도의도시는한때국가가주도한안락한낙원에서추방당했다이장소들은국가주도개발계획문화의각축장에서쫓겨나고상업적유통에서 제외된채황무지에서자신들의기술과정체성속도와거래물품을지속적으로바꾸어가며때로는이름과정보를상실한채떠도는상품이되었다이제논란의대상으로나마이런장소들다수가물신화되고귀환했다누군가는이것이진짜가아니라고할지도모른다그렇다면누구든좋으니무엇이진짜인지보여달라저해상도의도시는더이상진짜에대한진짜장소에대한것이아니다. 다시 말해 전통을 보존하거나 사람들의 안락한 삶을 위한 장소로만 존재하지 않는다. 대신 도시 자체의 실제적인 존재 조건들, 개발과 낙후, 이미지의 유통, 젠트리피케이션, 부동산, 주식, 균열되고 유동적인 시간성, 혼합되고 뒤섞인 장소성들에 대한 것이다. 이는 순응주의나 착취에 대한 만큼이나, 반항과 전용에 대한 것이기도 하다. 요컨대, **해상도**는 도시 계급과 역사의 척도다.

위의 글은 히토 슈타이얼의 「빈곤한 이미지를 옹호하며」(『스크린의 추방자들』, 워크룸프레스, 2018)를 립 오프(ripp-off)하여 쓰였다.

What is Low-Resolution architecture?

Low-residential

September 11 – November 9, 2018
Exhibition Opening: September 11, 5:30 pm
North Gallery, Princeton University School of Architecture

전시된 44채의 주택은 모두 다음과 같은 저해상도 범주 중 하나 이상에 해당합니다. 첫째, 주택과 모호하게 닮은 주택. 경사 지붕 등과 같은 익숙한 주택 요소를 사용합니다. 둘째, 건축된 것처럼 보이는 주택. 건축, 조인트 및 재료를 볼 수 있다는 점에서 작업에 일종의 값싼 미완성 품질이 있습니다. 셋째, 정사각형, 원, 삼각형 등 기본적인 기하학적 원형으로 구성된 주택은 비 구성 또는 추상적인 방식으로 배열됩니다. 저해상도 건축은 고해상도 건축의 정교함, 복잡한 제스처 곡률, 매끄러움에 중점을 둔 건축 모델에 반대합니다… (번역: 구글)

All 44 houses exhibited fall into one or more of the following categories of *Low-resolution*: first, houses that vaguely resemble houses, using familiar house elements, such as pitched roofs, etc.; second, houses that appear to be constructed, in that you can see the construction, joints and the materials, there is a sort of cheap unfinished quality to the work; and third, houses that are composed of basic geometric primitives —squares, circles, triangles— arranged in a non-compositional or abstract manner.

By these terms *Low-resolution* is against high-resolution architectural sophistication, gestural complex curvature, and models of architecture focused on seamlessness....

엄마는 삼성 TV를 사달라고 말씀하셨다. 38년을 키워줬으면 그 정도는 해야지. TV기종은 모르지만 어쨌든 크고 선명한 게 좋다고 하셨다(와… 그런 거 아있나… 마↘이↗크로→ 티↗브↗이?). 크고 선명한 게 왜 좋아? 내가 물었다. 노안 때문에. 엄마가 말했다. 눈이 잘 안 보여. 정말 그거 때문에 마이크로 TV가 필요한 거야? 마이크로 TV가 얼만지 알아?

현재 출시된 삼성의 마이크로LED TV "THE WALL" 110인치의 소비자가는 1억 7천만 원이다. 흠… 코코가 코를 킁킁거렸다. 여의도 더 현대 서울의 삼성 프리미엄 스토어에는 마이크로LED TV가 전시되어 있다. *"영원한 빛, 무한한 선명함의 마이크로 소자로 해상도, 컬러, 사이즈의 한계를 넘어선 기술을 지금 만나보세*

요." 메인 화면은 도시의 야경으로 서울이지만 아무래도 서울 같아 보이지 않았다. 왈왈 왈왈. 서울 아니야? 그럼 어디야? 왈왈 왈왈. 뉴욕? 왜? 5~200µm의 자발광 LED소자 800만 개가 마천루의 유리창 안에서 활활 타오르고 있었다. 나와 코코는 홀린 듯 스크린을 들여다봤다. 코코가 중얼거렸다. 에이젠슈타인이 뉴욕의 마천루에 뿅 가서 '글라스 하우스'를 헐리웃 자본으로 제작하려고 했잖아… 세트는 르 코르뷔지에한테 맡기고… 그래서 뉴욕인거야… 지나가던 사람들이 탄성을 질렀다. 말하는 개다! 화면은 곧 내셔널지오그래피 유의 자연 다큐로 바뀌었다. 이제 자연도 더 높은 해상도로 제작될 거야. 사람들이 좋아하는 휴양지를 떠올려봐. 카리브해의 에메랄드 빛 바다, 연분홍빛 노을이 지고 푸른바다거북이 부드러운 백사장에 알을 낳고 형형색색의 살인 나비가 떼를 지어 날갯짓하는 곳. 우리는 인공 새소리와 인공 폭포와 남쪽 지역의 자생 수종을 옮겨 심어 놓은 더현대 서울의 공중 정원을 거닐었다. *"약3,300m^2(1천평)에 달하는 실내 정원과 5~8층 높이에 해당하는 20m의 높은 유리 천장에서 자연광이 잘 들어오도록 설계했다. 작업할 때 파리에 위치한 그랑팔레의 웅장한 스케일에서 많은 영감을 받았다."* 팩스턴이 꾼 수정궁의 꿈은 유치한 거라고, 사라졌다고 생각했지만… 미래로 돌아간 미술 친구 H는 말했다. 미래라고 달라지는 건 없지만… 왈왈 왈왈 왈왈왈.

유리 파빌리온(The Glass Pavilion, 1914), 브루노 타우트(Bruno Taut)

저게 무얼까? 그런데 저 건물은 왜 저렇게 생겼지? 어떤 건물일까? 도대체 무엇으로 지었을까? 저런 건물은 어디에도 없어. 아냐, 저런 비슷한 건물이 하나 있긴 있어. 시든햄 언덕에 세워져 있다는 궁전 말이야. 철근과 유리로 지었다는… 그래 저 건축물은 철근과 유리로만 되어 있어. 그런 데 저렇게 아름다운 빛이 나는 것은 무엇 때문일까?

– 니콜라이 체르니셰프스키의 『무엇을 할 것인가』(1863) 중에서

ㅓ

완전히 자동화된 화려한 극장

비극은 공연이나 배우들 없이도 그 목적 자체를 실현할 수 있다.

– 아리스토텔레스, 『시학』

일러두기

「완전히 자동화된 화려한 극장」(Fully Automated Luxury Theater)(이하 FALT)은 극장의 역사를 인간에 대항한 비인간 행위자(포스트휴먼을 포함한)의 투쟁의 장으로 기록한다. 고대 그리스부터 시작된 이 (가상) 전쟁은 완전한 자동화가 이루어진 2100년 즈음에야 비인간 행위자의 승리로 귀결되었다. 극장-무대의 지배권을 장악하고 있던 인간들은 비인간 행위자를 필요로 하면서도 끊임없이 그들을 추방하고 평가 절하하고 차별했다. 심지어 스스로 포스트휴먼이 되어갈 때조차도 말이다.

FALT는 이 전쟁의 역사를 어느 소설가의 에세이와 임의적으로 선정된 습격의 과정, 20세기 프랑스 철학자 필립 라쿠 라바르트와 장 뤽 낭시의 무대를 둘러싼 논쟁, 자동화와 공산주의에 대한 전망, 롤랑 바르트의 텍스트와 미디어 철학자 빌렘 플루서의 디지털 가상에 대한 논의 등으로 구성했다. 모든 구성과 서술은 완전히 자동화된 비인간 서술자에 의해 씌어졌다.

에세이: 심오함의 부재

물론 나는 그럴 의도가 없었다. 그러나 내비게이션이 위치를 잃었고 우리 차가 속력을 줄이며 헤매자 뒤 차는 기다렸다는 듯 클랙슨을 울려댔다. 당황한 나는 좌회전 차선에서 직진을 했다. h가 좌회전! 좌회전! 소리를 질렀다.

선생님, 죄송합니다만 소리를 지르실 필요까진 없잖아요. 내가 말했다.

니가 자율주행 모드보다 나은 점이 뭐야? h가 말했다.

우리는 h의 지인이 운영하는 극장에 공연을 보러 가는 길이었다. 극장은 위치를 알 수 없는 곳에 있었고 내비게이션은 우리 위치를 자꾸 서해 바다 한가운데로 지정했다. h의 지인이 나중에 알려준 바에 의하면 극장 주소를 내비에 입력하면 어느 시점 이후에는 서해 바다로 위치가 잡히도록 악성코드를 심어뒀다고 말했다.

그런 것도 가능해?

그렇다네.

근데 왜 그랬어?

우리가 물었고 h의 지인은 퍼포먼스라고 대답했다. 어떤 점에서 퍼포먼스가 성립하는지 알 수 없었지만 나와 h는 더 이상 묻지 않았다. h의 지인이 무척이나 바빠 보였기 때문이다. 극장 로비에는 지인밖에 없었고 그는 공연을 보러 온 관객들을 안내하느라 정신이 없었다.

쉬는 날 공연 보는 건 최악의 아이디어야. 내가 h에게 말했다. 참고로 나는 모든 종류의 공연을 좋아하지 않는다. 연극, 퍼포먼스, 발레, 클래식, 현대 무용, 오페라, 판토마임, 서커스, 콘서트, 낭독극… 반면 h는 과거에 배우로 활동했다. 인간 배우들이 마지막으로 존재했던 시기에 말이다.

공연은 고급 예술이야. h가 말했다.

고급 예술의 의미가 뭔지 알아? 보는 사람이 거의 없다는 뜻이지. 내가 말했다.

고급 어쩌고저쩌고하는 말을 하긴 했지만 사실 h도 공연을 안 본 지 오래됐다. 공연을 보기 위해 필수적으로 거쳐야 하는 여러 가지 절차가 번거로운 탓이었다. 예매를 하고 극장 위치를 확인하고 극장에 도착해서 검색대를 통과하고 생체 정보를 등록하고 정해진 자리에 앉아 정해진 시간 동안 같은 방향을 바라보고.

왜 아직도 이런 짓을 하는 건데? 내가 물었다.

고급 예술이니까. h가 말했다. 고급 예술의 첫 번째 특징. 자발적으로 스스로를 희생하라.

쉽게 말해 불편한 여건에 신체를 구속하라는 말이다. 고급 예술은 주도권을 예술가가 갖는다. 반면 저급 예술은 주도권을 소비자가 갖는다.

그러나 불편을 감수하면서까지 지인의 극장에 온 이유는 따로 있었다. 그의 극장이 지금까지와는 다르게 진일보한 형태라는 이야기가 있었기 때문이다. 이른바 "완전히 자동화된 화려한 극장", 줄여서 "FALT".

그게 뭐야?

지인의 말에 의하면 FALT는 완전 자동화된 화려한 사회로 가기 직전 예술을 통해 완전 자동화 사회를 시험하는 극장이었다. "완전 자동화된 화려한 사회"는 생계를 위한 직업이 사라지고 풍요가 희소성을 대신하고 노동과 여가가 하나로 합쳐지는 사회다. 정보와 노동, 에너지와 자원이 무한 공급되는 유토피아.

지인은 이러한 사회를 예견한 사람이 마르크스라고 주장했다. 마르크스가 『정치 경제학 비판 요강』에 실은 짧은 에세이… 기계에… 관한 단상…에서 예견했거든…(지인은 말을 끄는 버릇이 있었다) 자본주의가… 최종 단계…에 이르면 일은 놀이가 되고 노동은… 기계가 대신 할 거라고….

나와 h는 마르크스에 대해 아는 게 거의 없었기 때문에 지인의 말을 듣기만 했다. 마르크스가 노동이 사라지는 미래를 긍정했다는 말인지, 부정했다는 말인지 알 수 없었지만 말이다. 솔직히 말하면 요즘 세상에 마르크스라니… 라는 생각이 들었지만 말이다.

그래서… 우리는… 베타 버전인… 거야… 자동화가 실현…된 이후 인간… 인간 행위의… 의미와 가치가 사라졌을 때… 뭘… 할…

뭘 할 수 있냐고?

h가 답답한 나머지 말을 가로챘다. 지인이 고개를 끄덕였다.

사실 지인이나 "마르크스"의 말이 아니라도 완전 자동화가 눈앞에 있는 것처럼 느껴지긴 했다. 인공지능이 인공지능을 프로그래밍하기 시작했고 3D프린터가 3D프린터를 생산했으며 기계가 기계를 관리하고 생산했다. 답이 안 나올 것 같던 환경오염과 자원고갈, 고령화, 빈곤, 불평등이 해소됐고(이 부분은 논쟁의 여지가 있다), 무엇보다 인간 배우가 사라졌다. 그 때문에 h는 꿈을 잃었지만 어쩔 수 없는 일이다. 지금 시대에 직접 신체를 가지고 연기를 한다니… 인간문화재라도 될 셈인가.

야, 너도 자율주행 모드 있는데 운전하잖아.

그건 취미지…

중요한 건 FALT가 인간 연출가와 작가, 스태프들까지 모두 없애버렸다는 사실이다. 지인이 말했다.

사실상… 내가… 하는 일은… 아무것도… 없어…

그러면 어떤 내용인지도 몰라?

그건…

지인은 FALT가 전송해준 공연 개요를 보여줬다(참고로 FALT는 작품명이자 극장명이며 작가명이고 배우명이다. 하나이자 동시에 모두다).

FALT는 두 개의 작품이 하나로 혼합된 공연이었다. 첫 번째는 「사라진느」(Sarrasine), 두 번째는 「라 메타모포즈」(La Metamorphose). 둘 다 원래 존재하는 작품의 리메이크로 사라진느는 발자크의 소설 『사라진느』가 원작이었고 라 메타모포시스는 카프카의 소설 『변신』이 원작이었다.

오. 카프카랑 발자크.
h가 말했다.
읽어봤어? 내가 물었다.
아니. 읽어봐야 돼? h가 되물었다.

습격 1. 비인간 행위자

: 데우스 엑스 마키나(deus ex machina)

무대에 설치된 기계 장치를 이용해 극의 국면을 해결하거나 결말을 맺는 방법. 로마의 시인 호라티우스가 "아포 메카네스 데오스(APO mēkhanês THEOS)"(기계에서 온 신)라는 그리스 원어를 라틴어로 번역한 말에서 유래.

종류

- 메카네(mechane) : 고대의 기중기. 무대 위에서 신이 내려오거나 인간을 무대 위로 끌어올림.

- 테올로게이온(theologeion) : 신(theos)이 말하는 장소(logos)라는 뜻으로 극장의 지붕 위로 솟아오른 가설무대를 뜻함.
- 에키클레마(ekkyklema) : 바퀴를 단 사각형의 널빤지.
- 페리악토이(periaktoi) : 프리즘 모양의 삼각기둥 여러 개를 일렬로 늘어놓은 것. 각 면에 그려진 다른 그림들이 회전하며 배경을 만들어낸다.

논점

데우스 엑스 마키나는 플롯상에서 해결할 수 없는 문제를 신-기계장치의 힘으로 손쉽게 봉합한다는 이유로 많은 비판을 받아왔다. 특히 작품의 절반 이상을 데우스 엑스 마키나로 처리한 고대 그리스의 작가 에우리피데스에 대한 아리스토텔레스의 비판이 가장 유명하다.

두 사건이 이어서 일어날 때는 후자는 전자의 필연적 혹은 개연적 결과라야 한다. 따라서 사건의 해결도 플롯 자체에 의하여 이루어져야지, 기계 장치에 의존해서는 안 됨이 명백하다. 비극 내의 사건에는 사소한 불합리도 있어서는 안 된다.

흥미로운 사실은 아리스토텔레스에게 불합리하고 비이성적인 해결책으로 비판받은 데우스 엑스 마키나/에우리피데스를 니체는 합리성의 화신으로 생각했다는 사실이다. 니체는 『비극의 탄생』에서 에우리피데스와 소크라테스로 상징되는 합리주의와 이성이 신화와 비극을 살해했다고 주장했다.

소크라테스는 비극의 공공연한 비판자였다. 그가 비판한 것은 단순히 공연으로서의 비극이 아니라 비극이 그리스의 시민들에게 전하는 이데올로기였다. 발터 벤야민은 소크라테스의 차분하고 수수한 죽음이 비극에 종말을 고했다고 생각했다. 소크라테스는 감정과 카타르시스, 저항과 충돌, 몰락으로 이어지는 비극에서 물러서서 합리적인 법 질서, 기계적 관료제 안에서의 죽음을 택한 것이다.

그렇다면 아리스토텔레스와 니체에게 정확히 반대의 의미로 비판받은(한쪽에서는 비합리적이라는 이유로, 다른 쪽에서는 합리적이라는 이유로!) 데우스 엑스 마키나의 애용자 에우리피데스는 실제로 어떤 작가였을까.

소포클레스, 아이스킬로스와 함께 그리스 3대 비극작가였던 에우리피데스는 그러나 자신보다 선배였던 두 작가에 비해 한참 떨어진 평가를 받았다. 비극 경연대회에서 아이스킬로스가 13회, 소포클레스가 18회 우승한 데 반해 에우리피데스는 5회 입상한 데 그쳤다. 후배 작가인 아리스토파네스는 작품 속에 에우리피데스를 등장시켜 조롱했다(에우리피데스 역을 맡은 배우는 메카네를 타고 등장한다). 반면 에우리피데스는 선배 작가들의 작품을 폄하했다. 그가 보기엔 이전의 비극은 제정신이 아닌 상태에서 쓴 이상한 작품이었다. 실제로 아이스킬로스는 만취한 상태로 글을 썼고 소포클레스는 자기 집 안에 신전을 세운 광신도였다. 에우리피데스는 "맑은 정신"으로 글을 쓸 것을 요구했다. 그의 작품에는 신에 의한 교훈이나 위안이 없고 사건은 우연적이고 불가해하며 해결은 급작스럽고 통속적이다. 인물들은 영웅이 아닌 평범한 일반인, 여성, 노예, 하녀, 노동자 들이며 대화는 일상적인 구어로 이뤄진다.

첫 번째 습격의 논점은 다음과 같다. 에우리피데스/데우스 엑스 마키나는 합리성과 비합리성, 인간성과 비인간성 중 어느 쪽에 위치하는가. 플롯과 필연성은 비인간 행위자의 존재와 어떤 연관성을 갖는가. 에우리피데스와 그의 작법을 극장 밖으로 쫓아낼 때 활용된 이데올로기가 실제로 겨냥한 것은 무엇이었을까.

철학 1. 무대

: 필립 라쿠 라바르트, 장 뤽 낭시

『무대』는 1992년과 2005년, 두 번에 걸친 프랑스의 철학자 필립 라쿠 라바르트와 장 뤽 낭시의 논쟁을 담은 책이다. 두 철학자는 연극을 쟁점으로 상이한 의견을 제시한다. 아래는 2020년 문학과지성사에서 출간된 『무대』에 실린 옮긴이 조만수의 글을 요약, 발췌한 글이다(강조는 비인간 서술자).

낭시는 아리스토텔레스가 말한 비극의 6요소 중 하나인 옵시스를 주제로 제시한다. 옵시스는 일반적으로 장경, 스펙타클이라 번역되는데 낭시는 이를 미장센이라 번역했다. 하지만 그는 미장센이라는 단어를 문자 그대로의 뜻, 즉 '무대에 놓기'라는 의미로 사용한다. 낭시에게 옵시스의 의미는 무대로의 도래에 해당하는 것이었다. 그러나 라쿠 라바르트에게 옵시스는 시각적인 요소 이상의 것이 아니었다. 결국 이들 논쟁의 중심에는 진리의 형상화에 관한 문제가 자리한다. 낭시는 최소한의 형상의 필요성을 인정하지만, 라쿠 라바르트는 이를 인정하지 않는다. 따라서 낭시에게 연극에서의 스펙타클은 최소한으로 용인되는 것이지만, 라쿠 라바르트에게는 결단코 불필요한 것이다. 그에게 형상은 과잉이다. 그러므로 라쿠 라바르트에게 연극은 독서만으로도 카타르시스를 주는 것이다.

낭시에게 무대는 단지 극장의 물리적 공간에 한정되는 개념이 아니다. 무대는 몸과 동의어이다. 이 몸 또한 물질적인 육체를 지시하는 것이 아니다. "몸이란 존재의 형상적 확장을 지시하기 위해서는 가장 부적절한 것이지만, 그것 없이는 존재가 실존하지 못한다." 몸에 대한 이런 생각은 옵시스가 "시학 속에 자리를 전혀 차지할 수 없는 요소"이면서 비극을 이루는 다른 "모든 요소를 포괄"하기에 이것 없이는 비극이 성립할 수 없는 것이라는 낭시의 『시학』 해석과 의미 궤도를 함께하는 표현이다.

반면에 라쿠 라바르트는 무대화라는 용어보다 행위화라는 개념을 선호한다. 형상이란 그 어떤 것이든 —성상이든 배우이든 간에— 조형적 허구이며 화석화된 신화이다. 그렇기에 모든 형상은 우상 숭배를 강요하는 것이다. 결국 라쿠 라바르트는 눈앞에 있는 '재현' 속에 비가시적인 것을 담으려는 시도를 거부한다. 재현을 거부하기에 그는 미메시스를 재현이 아닌 뜻으로 다시 정의하기를 원한다. 그는 미메시스를 라틴어 imitaio가 아닌 슐레겔의 번역어인 독일어 Darstellung, 즉 현시로 이해한다. 그는 재-현(re-presentation)을 이루는 re를 '다시 두 번째로' '복제품을 만드는'이 아니라, '현재형으로 만든다'는 뜻으로 이해한다. 미메시스는 재현이 아니라 현시다. 그에게 미메시스는 드러남 그 자체이며 무대는 형상으로 재현되는 공간이 아니라 드러남의 자리다. 이는 원-무대이며 원-연극이다.

원-무대를 공간화하는 방식, 원-연극을 무대화하는 방식은 물러섬이다. 물러섬은 절제와 뺄셈의 방식으로 구현된다. 형상을 제거하면 목소리만이 남는다. 라쿠 라바르트에게 기원은 언어이다.

그러나 낭시는 라쿠 라바르트의 방식을 "현시되지 않는 현시"라 부른다. 낭시가 보기에 라쿠 라바르트의 입장은 연극이라는 구체적인 장르, 그리고 하나의 연극작품을 설명하지 못한다. 낭시는 그것을 발화하는 몸의 일부인 입에 주목한다. 입은 발화되는 텍스트를 형상화한다. 형상성 자체가 중요한 것이 아니라, 의미와 닿는 감각적 접촉의 자리가 중요한다. 그는 진리가 자리 속에서 발생한다(avoir lieu)라고 주장하는 것이다.

에세이: 심오함의 부재

미래가 어떻게 될지 짐작할 수 없다. 이대로 뒀다간 인간은 물론 지구의 모든 생명체가 사라질지도 모른다고 h가 푸념했다.

나는 h에게 정확히 뭐가 문제냐고 물었다.

과학. h가 말했다.

기술. h가 다시 말했다. 이것들이 우리 삶을 근본적으로 망가뜨리고 있어.

우리는 공연을 보고 집으로 돌아가는 길이었다. h는 보조석에 앉아 열심히 스마트폰을 보고 있었다. 나는 자율주행 모드를 켜고 좌석을 뒤로 젖혔다.

뭘 그렇게 열심히 보는 거야?

이시구로 히로시.

h가 스마트폰을 들이밀었다. 검은 셔츠를 입은 중년 남자가 보였고 그 남자 뒤에 그와 똑같이 생겼지만 조금 더 늙은 중년 남자가 있었다.

이시구로 히로시는 2005년 로봇 연극 프로젝트를 시작한 일본의 로봇 공학자였다. h가 보여준 것은 이시구로 히로시와 이시구로 히로시를 본떠 만든 안드로이드 제미노이드HI-1이었다.

어느 쪽이 히로시인지 알겠어?

더 늙은 쪽.

h가 검색한 내용에 따르면 히로시는 제미노이드HI-1을 만들고 몇 년 뒤 나이가 든 자신의 모습을 반영해 두 번째 버전의

HI-1을 만들었다. 하지만 다시 시간이 지났고 그는 더 늙었다. 히로시는 외모의 갭을 메우기 위해 성형수술을 감행했다. 제미노이드 HI-1을 매번 업그레이드하는 것보다 성형수술을 하는 편이 훨씬 싸게 먹혔기 때문이다.

이상하지? 아바타와 닮게 얼굴을 고친다니. h가 말했다.

그냥 검소한 사람인 거 같은데. 내가 말했다. 성형수술이 더 싸잖아.

너도 하고 싶어?

h가 물었고 나는 우리가 보고 나온 공연을 떠올렸다.

내가 하고 싶은 건 성형이 아니라… 다시 태어나는 거야. 로봇으로.

FALT 버전의 「변신」에서 그레고르 잠자는 잠에서 깨어 자신이 로봇이 되었다는 사실을 발견한다. 딱딱한 유기물 껍질을 가진 곤충이 아니라 딱딱한 무기물과 금속으로 이루어진 로봇. 사실 이 내용은 이시구로 히로시와 로봇 연극 프로젝트를 함께한 극작가 히라타 오리자의 2014년 작품 「변신」에서 가져온 것이다. FALT는 접속할 수 있는 모든 정보를 편의에 따라 이용한다. 모든 것은 패러디고 인용이고 차용이고 전용이다. 하늘 아래 새로운 것은 없다? 그러나 FALT의 작품은 전적으로 새롭다. 똑같은 아카이브를 이용하는데 왜 인공지능의 전략은 새로운 것일까? 단지 아카이브의 양이 더 많고 정보처리 속도가 더 빠르기 때문일까.

이것 봐.

h가 스마트폰을 다시 들이밀었다. 화려하고 우스꽝스러운 복장을 하고 노래를 부르는 남자의 동영상이었다. 여잔가? 남자라고 하기엔 목소리가 너무 가늘고 높았다.

우리가 공연에서 본 거. 카스트라토를 주인공으로 한 영화래.

카스트라토는 변성기가 되기 전에 거세하여 소년의 목소리를 유지하는 가수를 뜻한다. 14세기 즈음 스페인의 시스티나 성당에서 처음 시작되었다고 알려져 있으며 바로크 시기에 전성기를 구가했다. 거세를 위해 소년의 고환을 칼로 베어 상처를 내고 양잿물에 담궜다고 한다. 일종의 화학적 거세로 부작용으로 상처가 덧나 죽는 경우도 종종 있었다.

최초의 포스트휴먼. 신체가 목소리-기능에 종속되는 거지.

발자크의 『사라진느』는 카스트라토의 이야기를 담은 단편 소설이다. 남성 조각가 사라진느는 로마에서 유명 성악가 라 잠비넬라의 공연을 보고 사랑에 빠진다. 라 잠비넬라를 유혹하기 위해 애쓰던 사라진느는 잠비넬라가 거세한 남자라는 사실을 알게 되고 배신감에 그를 살해하려 하지만 오히려 잠비넬라의 후원자가 고용한 암살자에 의해 살해당한다. FALT 버전의 「사라진느」에서 잠비넬라는 프로그램이라는 사실이 밝혀진다. 무대에 섰던 신체는 안드로이드로 잠비넬라가 잠시 사용한 도구였을 뿐이다. 사라진느는 잠비넬라를 죽이려고 하지만 클라우드에 백업되어 있는 잠비넬라는 사실상 죽일 수 없는 존재라는 사실을 알게 된다. 암살자에 의해 쓰러진 사라진느에게 잠비넬라는 제안을 한다. 영혼을 업로드할 생각 없냐고. 그러면 네트워크 안에서 영원히 함께 지낼 수 있다고.

사실 FALT의 내용은 새로울 게 없었다. 고전의 패러디 및 혼합. 문제는 우리가 이 모든 공연을 감각 기관이 아닌 뇌로 봤다는 사실이다. 아니, 봤다는 표현은 적절하지 않다. 느꼈다? 습득했다?

완전히 자동화된 화려한 무대에는 아무것도 없었다. 나와

h를 비롯한 관객들은 어리둥절한 표정으로 주변을 둘러봤다. 그때 지인의 안내 멘트가 나왔다. 완전히 자동화된… 화려한 공연은 뇌파…를 통해 전달됩니다… 공연을 볼 때 발생하는… 뇌의 전기…적 신호를 분석해… 동일한 뇌…의 활동을 작성하는 법을 알아냈지요… 그럼 공연을… 시작합니다…

그리고 끝이었다. 공연은 0.000001초 만에 끝났다. 그러나 우리는 모든 걸 알 수 있었다. 심지어 눈으로 보고 귀로 들은 것처럼 기억에 모든 장면이 생생히 남아 있었다.

아니야! 이건 아니라고! h가 소리 질렀다.

빠앙—! 뒤 차가 요란하게 클랙슨을 울렸다. 놀란 우리가 쳐다보자 옆으로 다가온 자동차의 유리창이 내려가며 운전자가 손을 흔들었다. 죄송해요. 자율주행 모드를 업데이트 안 했더니 가끔 에러가 나네요…

습격 2. 비인간 행위자

: 위버마리오네트(übermarionette)

영국의 연극연출가 E. 고든 크레이그의 개념. 고든 크레이그는 인간 연기자의 개성과 주관성에 한계가 있다고 생각, 이를 대체할 초인형를 주창함. 위버마리오네트가 실제 인간을 대체할 기계였는지에 대해선 논란의 여지가 있음.

> 연기자는 무대를 비워줘야 합니다. 그리고 그 자리는 무생물적 물체가 차지하게 될 것입니다. 우리는 그것을 일단 초인형이라고 부르고자 합니다. 그것이 제대로 대접을 받지 못하고 있는 오늘날, 많은 사람들은 그 인형을 말하자면 발

전된 형태의 장난감쯤으로 여기고, 그것이 장난감에서 유래한다고 믿고 있습니다. 그런데 그렇지 않아요. 인형은 옛날 사원에 있던 석상의 후예입니다. 지금은 퇴락해버렸지만 신의 형상입니다.

-『연극 예술론』, 고든 크레이그

고든 크레이그는 배우의 감정을 추방하기 위해 세 가지 방법을 제안한다.

1. 상징적 동작만 허용할 것 ☞ 2. 가면을 씌울 것 ☞ 3. 배우 대신 초인형(übermarionette)을 쓸 것

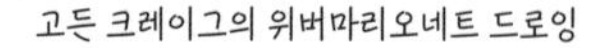

고든 크레이그의 위버마리오네트 드로잉

유행으로서의 포스트휴먼

19세기 말에서 20세기 초 아방가르드 문화에서 인간적인 것을 비인간적인 것으로 대체해야 한다는 인공성의 개념이 대세를 이루었다. 미란다 웰비-에브라드는 다음과 같이 쓴다. "다다의 마스크들과 미래주의의 기계적 무용수들로부터, 조르조 데 키리코가 「투르바두르」(The Troubadour, 1917)에서 그린 의복과 소니아 들로네가 트리스탄 차라의 『가스 심장』(*Le Coeur Gaz à*, 1923)을 위해 디자인한 드레스와 같이 실로 다양한 큐비즘의 의상들에 이르기까지, 도처에는 반현실적인 존재의 문화가 있었다. 이제 연극은 일상을 담는 거울이 아닌 예술이 되어야만 했다. 감정이 있는 인간은 이 인형과 로봇 그리고 안드로이드가 장악한 극장에서 더 이상 발붙일 곳이 없었다."

20세기 초의 유행은 21세기 초의 포스트휴먼/트랜스휴먼과 어떻게 다른가? 이러한 시도들은 자아와 신체, 재현과 형상의 문제를 반복적으로 맴돌며 새로운 사회정치경제 체제의 재료로 흡수된다.

철학 2. 비형상

: 롤랑 바르트, 빌렘 플루서

롤랑 바르트와 빌렘 플루서는 인간/비인간의 관점에서 발생한 재현과 형상의 문제 틀을 변형한다. 롤랑 바르트의 "독자"와 빌렘 플루서의 "기획"은 비형상의 형상이자 탈주체의 주체다. 그들의 "독자", "기획"에 대한 텍스트에서 FALT의 흔적을 발견할 수 있는 것은 그러므로 우연이 아니다(강조는 비인간 서술자).

> 모든 텍스트는 영원히 지금 여기서 씌어진다. 사실인즉 쓴다는 것은 더 이상 기록, 확인, 재현, 묘사(고전주의자들이 말하는)의 조작을 가리키는 것이 아니라, 옥스퍼드 철학의 영향을 받은 언어학자들이 수행동사라고 부르는 것, 정확히 말해 언술행위가 발화하는 행위 외에 어떤 내용(어떤 언표)도 가지지 아니하는, 그런 진귀한 언술적인 형태를 가리킨다. …
> 발자크의 문장으로 돌아가 보자. 아무도(어떤 '인간'도) 그 문장을 말하지 않는다. 그 근원이며 목소리는 글쓰기의 진정한 장소가 아니다. 그 진정한 장소는 바로 글 읽기다. 하나의 정확한 사례가 이 사실을 보다 분명히 해줄 것이다. 최근의 한 연구는 그리스 비극의 구성상의 모호성을 밝혀주었는데, 그 텍스트는 이중적인 의미의 단어들로 짜여 있어 각각의 인물들을 그 말들을 일방적으로 이해한다는 것이다(이 지속적인 오해가 바로 '비극적'인 것이다). 그렇지만 거기에는 각각의 말들을 그 이중성 속에서 이해하는 누군가가 있는데, 다시 말해 자기 앞에서 말하는 인물들의 귀먹음까지 이해하는 누군가가 있는데, 이것이 바로 독자라는 것이다. 이렇게 해서 글쓰기의 총체적 존재가 드러난다. 텍스트는 수많은 문화에서 온 복합적인 글쓰기들로 이루어져 서로 대화하고 풍자하고 반박한다. 이런 다양성이

집결되는 한 장소가 있는데, 그 장소는 지금까지 말해온 것처럼 저자가 아닌, 바로 독자이다. 독자는 글쓰기를 이루는 모든 인용들이 하나도 상실됨 없이 기재되는 공간이다. 텍스트의 통일성은 그 기원이 아닌 목적지에 있다. 그러나 이 목적지는 더 이상 개인적인 것일 수 없다. 독자는 역사도 전기도 심리도 없는 사람이다. 그는 씌어진 것들을 구성하는 모든 흔적들을 하나의 동일한 장 안에 모으는 누군가일 뿐이다.

–『저자의 죽음』, 롤랑 바르트

이로써 새로운 존재론뿐만 아니라, 새로운 인류학이 강요된다. 우리는 우리 자신을 —우리 '스스로'를— 그러한 종류의 '디지털 분산'이라고, 촘촘한 분산 덕택에 가능성들의 실현들이라고 파악해야 한다. 우리는 우리 자신을 서로 교차하는, 특히 인간들의 관계 영역 속에서 곡선 혹은 궁형이라고 이해해야 한다. 또한 우리는 윙윙 소리를 내는 점의 가능성들로 이루어진 '디지털 컴퓨터화'이다. 우리 스스로가 서로 교차하는 잠재성들의 교차점, 곧 무의식의 바다 속에서 떠다니는 빙산 혹은 신경의 연결점 위로 비약하는 컴퓨터화라고 통찰하는 것으로 충분하지 않고 그에 따라 행위를 해야 한다.

우리는 더 이상 주어진 객관적인 세계의 주체가 아니라, 대안적인 세계들의 기획(Projekt)이다. 우리는 예속적인 주체적 위상에서 빠져나와 우리 자신을 투영하는 것 속에 설치했다.

'가상'이라는 단어는 '아름답다'라는 단어와 동일한 어원을 가지고 있고 미래에 결정적인 역할을 할 것이다. "객관적인 인식"을 추구하는 유아적인 소원이 포기되면, 인식은 미학적인 기준에 따라 판단될 것이다. 디지털 가상이 더 아름다울수록, 투영된 대안 세계들은 더욱 더 실제적이고 진리이다. 기획으로서 인간은, 이 형식적으로 사고하는 체계분석가와 체계종합가는, 예술가이다.

―『디지털 가상』, 빌렘 플루서

ㅓ

주

Gate 1 SPACE

공간은 상호작용의 범위

① 로완 무어, 『우리가 집을 짓는 10가지 이유』, 이재영 옮김(계단, 2014), 432쪽
② Lina Bo Bardi, *Stones Against Diamonds* (Architectural Association London, 2013), p. 98
③ 로완 무어, 『우리가 집을 짓는 10가지 이유』, 이재영 옮김(계단, 2014), 436쪽

당신의 모습을 발견할 수 있는 곳 – 미술관과 영화관

① 프랑수아 보비에, 아디나 메이 엮음, 『무빙 이미지 전시하기: 다시 본 역사』, 김응용 옮김(미디어버스, 2019), 93쪽
② 프랑수아 보비에, 아디나 메이 엮음, 『무빙 이미지 전시하기: 다시 본 역사』, 김응용 옮김(미디어버스, 2019), 111쪽

불멸의 면세 구역

① 히토 슈타이얼, 『면세 미술』, 문혜진, 김홍기 옮김(워크룸프레스, 2021)

공간의 근원 – 극장

① 퀑탱 메이야수, 『형이상학과 과학 밖 소설』, 엄태연 옮김(이학사, 2017)
② 다크 투어리즘은 1990년대부터 본격적으로 연구되기 시작한 개념으로 비극이 일어난 역사적 공간을 찾는 새로운 형태의 관광이자 기념화 사업의 일종이다. 무겁고 심각한 사회적 고통과 가볍고 즐거운 관광을 결합시킨 다크 투어리즘은 때로는 불경한 시도로 여겨지기도 한다. 하지만 일본의 철학자 아즈마 히로키는 관광이야말로 폭력에 저항하는 가장 효과적인 실천이 될 수 있다고 주장한다.
③ 「'이상과 현실의 간극' 확인한 광주 아시아예술극장」, 『국민일보』, 2015년 3월 31일

완전히 자동화된 화려한 공간

① 아론 바스타니, 『완전히 자동화된 화려한 공산주의』, 김민수, 윤종은 옮김(황소걸음, 2021)
② 에픽 게임즈의 포트나이트 웹페이지 포크리 항목 https://www.epicgames.com/fortnite/ko/creative/docs/getting-started-infortnite-creative
③ 아론 바스타니, 『완전히 자동화된 화려한 공산주의』, 김민수, 윤종은 옮김(황소걸음, 2021)

상상으로서의 관광

① 아즈마 히로키 지음, 『관광객의 철학』, 안천 옮김(리시올, 2020), 74쪽

Gate 2 EXODUS

부산 가는 길

① 팀 크레스웰, 미카엘 르마르샹 지음, 『선을 넘지 마시오!』, 박재연 옮김(앨피, 2021), 61쪽
② 디디에 에리봉 지음, 『랭스로 되돌아가다』, 이상길 옮김(문학과지성사, 2021), 112쪽
③ 팀 크레스웰, 미카엘 르마르샹 지음, 『선을 넘지 마시오!』, 박재연 옮김(앨피, 2021), 190쪽
④ 팀 크레스웰, 미카엘 르마르샹 지음, 『선을 넘지 마시오!』, 박재연 옮김(앨피, 2021), 84쪽

Shape of Gyeonggi – 수도권의 심리지리학

① 비디오 게임 GTA(Grand Theft Auto)의 배경 도시인 '산 안드레아스'에서 따온 별칭. 산 안드레아스는 노상에서 범죄가 수시로 일어나는 무법적인 공간으로 그려진다.
② 인천은 행정구역상으로는 경기도에 포함되지 않는 광역시지만 서울과의 관계 속에서 경기도의 도시들과 밀접한 관련이 있기에 함께 언급할 수 있을 것이다.
③ 마르크 오제, 『비장소』, 이상길, 이윤영 옮김(아카넷, 2017), 170~171쪽

어떤 작위의 도시 – 서울을 아십니까

①『연세대학원저널』 제1호(2015)
② 한유주, 「사라지는 장소들」, 『연세대학원저널』 제1호(2015)
③ 폴 골드버거, 『건축은 왜 중요한가』, 윤길순 옮김(미메시스, 2011), 195쪽. 번역은 앨리슨 루리의 *The Nowhere City* 원문을 참조해서 일부 수정
④ 정영문, 『어떤 작위의 세계』(문학과지성사, 2011), 190쪽

내 모터를 통해 나는 더 이동적이 될 것이다 – 출퇴근에 대해

① 피터 애디, 『모빌리티 이론』, 최일만 옮김(앨피, 2019)
② 리브 커 야퍼 외, 『도시 인류학』, 박지환 외 옮김(일조각, 2020)
③『파이낸셜 뉴스』, 2021년 7월 3일
④『이데일리』, 2021년 7월 3일
⑤『한국경제』, 2020년 7월 6일
⑥ 닐 아처, 「길 위의 장르」, 피터 메리만 외 엮음, 『모빌리티와 인문학』, 김태희 외 옮김(앨피, 2019)
⑦ 죠르진 클라슨, 「오스트레일리아 – 훔친 차처럼 운전하라」, 피터 메리만 외 엮음, 『모빌리티와 인문학』, 김태희 외 옮김(앨피, 2019)
⑧ 피터 애디, 『모빌리티 이론』, 최일만 옮김(앨피, 2019)

Gate 3 DIMENSION

나는 그것이 환영임을 알고 있다, 그럼에도 불구하고…

이 글에 인용된 텍스트 목록은 다음과 같다.

ㄴ 레프 마노비치, 「확장공간의 시학: 프라다의 교훈」, 박해천 외 엮음, 『디자인 앤솔러지: 21세기 디자인의 새로운 제안』(시공사, 2004)
ㄴ Kim Heecheon & Hans Ulrich Obrist, "Filmmaker Kim Heecheon is Using Technology to Test the Limits of Reality," https://www.serpentinegalleries. org/art-and-ideas/kim-heecheon/
ㄴ 「씨네마테크 CINéMAthèque는 셀룰로이드 피부를 원하는가 ⓐ」, 블로그 잠수 일지(;journal du plongée), https://soobu.tistory.com/entry/씨네마테크-CINéMAthèque-는-셀룰로이드-피부를-원하는가
ㄴ 오성지, 「시네마 리트로바토 Il Cinema Ritrovato – 이탈리아 볼로냐 복원 영화제」, https://www.kmdb.or.kr/story/139/3084
ㄴ 김수환, 「유리 집(Glass House)의 문화적 계보학 세르게이 에이젠슈테인과 발터 벤야민 겹쳐 읽기」, 『비교문학』 제81호(한국비교문학회, 2020)
ㄴ "새로운 랜드마크 더 현대 서울의 이야기", https://www.ehyundai.com/newPortal/SN/SN_0201000.do?evntCrdCd=E1102102069530&category=event&page=1&noleft=Y (2022년 9월 14일 현재

접속 불가)
ㄴ “44 Low-resolution Houses”, https://www.e-flux.com/announcements/209568/44-lowresolution-houses/
ㄴ 크리스 호록스, 『텔레비전의 즐거움』, 강경이 옮김(루아크, 2018)
ㄴ 히토 슈타이얼, 『면세 미술: 지구 내전 시대의 미술』, 문혜진, 김홍기 옮김(워크룸프레스, 2021)

코멘터리

☞ Gate 1(13쪽~71쪽까지): 이 글들은 2021년 한 해 동안 건축 잡지 『SPACE』에 연재한 에세이다. 『SPACE』의 기자이자 시인인 박세미의 제안으로 시작되었는데, 연재 내내 세미 씨를 많이 괴롭힌 것 같다. 문외한인 주제에 건축 전문 잡지의 서두에 에세이를 싣게 되었다는 부담감 때문에 여러 번 징징댄 것이다. 그럴 때마다 세미 씨는 큰 용기를 주었다. 더불어 연재하는 동안 아주 가끔 웹에서 발견된 몇몇 감상들 역시 큰 힘이 되었다. '스페이스 (논)픽션'이라는 연재의 제목처럼 이 글들은 공간에 대한 나만의 픽션이다. 공간은 우리가 픽션을 쓰지 않으면 완성되지 않는다고, 나는 믿는다.

☞ Gate 1 '공간은 상호작용의 범위' 관련. SESC 폼페이 레저 센터.

☞ Gate 1 '공간의 근원 – 극장' 관련

☞ Gate 1 '유령 공간의 출몰 – 리미널 스페이스' 관련

☞ Gate 1 '건축 vs 정치 – 문다네움 어페어' 관련

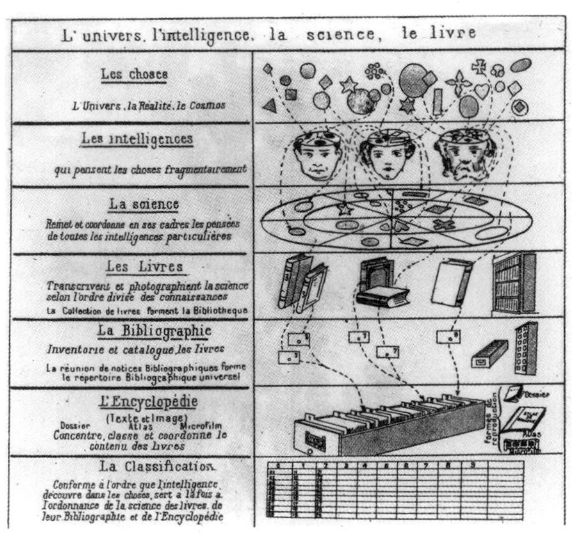

☞ Gate 1 '상상으로서의 관광' 관련

☞ Gate 2 가운데 「거대 식물카페의 습격」은 2021년 심소미 큐레이터와 줄리앙 코와네 작가의 콜렉티브 '리트레이싱 뷰로'의 청탁으로 쓰였다. '어반 드리프트'라는 리서치 프로젝트의 두 번째 파트 '폐기된 유토피아의 귀환: 봉쇄령 이후의 야자나무'에 들어갈 원고를 부탁한다는 내용이었다. 내가 이해한 바로는 팬데믹과 봉쇄로 인해 폐기된 사물과 식물 들의 행방에 대한 고민을 담고 있는 프로젝트였는데 그들이 특별히 주목한 건 상품화된 이국성인 야자나무들의 이미지였다. 심소미와 줄리앙 코와네는 이 책에 실린 「Shape of Gyeonggi – 수도권의 심리지리학」으로도 함께한 분들로 도시 문화에 대한 다층적인 접근을 보여준다. 함께하게 되어 행운이라고 생각한다.

☞ Gate 2 가운데 「보통 사람들의 밤 – 아파트와 단지들」은 2017년 서울시립 북서울미술관의 전시 「25.7」을 위해 쓰였다. 신은진 큐레이터에게 청탁을 받았으며 전시장에서는 안홍근 작가의 일러스트 작품과 함께 포스터 형식으로 전시되었다. 이후 도록에 실

리기도 했다.

☞ Gate 2 가운데 「부산 가는 길」에 대해서 얘기하자면, 부산은 내게 애증의 공간이다. 내가 아는 대부분의 사람들이 부산을 사랑하는데 나는 한 번도 부산에서 행복했던 기억이 없다. 늘 바쁘고 부산했던 기억이다… 다음 번에는 행복할 수 있을까?

이 글은 사실 『SPACE』 연재로 썼던 글인데, 도시 공간과 이동에 대한 내용으로 Gate 2에 적합하다고 여겨져 Gate 1이 아닌 2에 자리 잡게 되었다.

☞ Gate 2 가운데 「Shape of Gyeonggi - 수도권의 심리지리학」은 2017년 전시 「서브토피아」의 연장선상에서 기획된 출판물 『서브토피아』에 실린 글이다. 심소미 큐레이터의 청탁으로 씌었으며, 경기도의 도시를 경유해 도시의 중심과 주변부에 대한 질문을 던지는 것이 의도였다고 기억한다. 최근 「나의 해방일지」라는 드라마가 화제가 됐는데, 1화 오프닝에 집이 경기도라서 회식 자리

에서 일찍 일어나야 한다고 말하는 주인공이 나온다. 경기도민이라는 정체성이 주요하게 드러나는 드라마라는 사실이 신선했다. 그러나 나는 1화 오프닝만 보고 더 보지 않았다.

☞ Gate 2 가운데 「어떤 작위의 도시 – 서울을 아십니까」는 국립현대미술관 과천관에서 2015/2016년에 진행된 전시 「아키토피아의 실험」의 도록에 실린 글이다. 「아키토피아의 실험」은 "건축이 꿈꾸는 유토피아는 어떻게 작동하는가, 건축가들의 이상으로 탄생하는 '아키토피아'(Archi-Topia)는 어떤 형식과 내용으로 채워질 것인가"라는 질문으로 시작된 전시다. 전시에서 대상으로 삼은 곳은 세운상가, 파주출판도시, 헤이리 아트밸리, 판교 단독주택단지였으나 나는 세운상가, 파주출판도시, 판교 단독주택단지만을 소재로 삼아 글을 썼다. 개인적 체험을 바탕으로 건축과 무관해 보이는 외적인 요소들이 어떻게 건축을 경험하는가에 중점을 맞췄다. 정다영 큐레이터의 청탁으로 참여하게 되었으며 이후 건축이나 미술 관련 전시 또는 도록의 청탁을 받는 계기가 된 고마운 글이다.

☞ Gate 3의 「나는 그것이 환영임을 알고 있다, 그럼에도 불구하고…」는 2021년 서울도시건축비엔날레 참여작으로 쓰였다. 총감독은 프랑스 건축가 도미니크 페로였는데 따로 만나거나 소통한 적은 없다. 나는 큐레이터 역할을 맡은 '푸하하하프렌즈'의 청탁을 받아 글을 썼다. 내가 참여한 파트에는 박세미, 이설빈, 최영건, 이연숙 작가가 참여했으며 청탁 내용은 도시를 바라보는 자기만의 스케일을 정해 글로 써달라는 거였다. 작가들의 글이 나오면 이를 바탕으로 건축가들이 파빌리온을 지을 예정이라고 했다. 나와 짝이 된 건축가는 김이홍으로 이후 함께 토크를 하기도 했다.

이 글을 낸 뒤 주최 측을 비롯한 여러분들로부터 도대체 뭘 쓴 거냐는 말을 여러 번 들었다. 글에서 인간의 시선이 느껴지지 않는다는 평가도 오랜만에 들었다(소설가로 처음 데뷔했을 때 종종 들었던 말이다).

개인적으로는 무척 즐겁게 쓴 글이다. 그 때문인지 글의 톤이 조증에 걸린 듯한 지점도 있으나 의도라고 생각해주시면 좋겠다. 비엔날레 측에서 요구한 작품 설명에 나는 다음과 글을 제출했다.

> 「나는 그것이 환영임을 알고 있다, 그럼에도 불구하고…」는 테크놀로지와 결합된 시각성을 매개로 도시와 건축을 이야기하는 에세이-픽션이다. 시각성의 벡터는 마찰과 저항에도 불구하고 일정 방향으로 나아간다. 해상도의 문제는 단지 스크린의 문제가 아니며 스크린의 문제는 재현과 기술에 국한되지 않는다. 픽션은 과거가 된 미래와 현재가 된 미래의 교차 속에서 잠재된 미래를 다시 가동시키기 위한 언어-스크린으로 작동한다.

내가 읽어도 무슨 말인지 알 듯 말 듯 알쏭달쏭한 설명인데 사실 이 이상 명확하게 설명하는 건 불가능하다. 묲이라는 퍼포먼스 그룹으로 활동하는 조형준은 작품에 대해 설명해달라는 관객의 요구에 이렇게 답했다. "말로 할 수 있다면 작품을 만들지 않았겠죠."(글로 옮겨 놓으니 시니컬하게 말한 것 같지만 조형준은 무척 공손한 어조로 답변했다.) 이 말을 풀어 쓰면, 작품 설명 또는 예술가들의 스테이트먼트는 사실상 작품의 해설이 아니며 되어서도 안 된다. 그것은 작품과 느슨하게 연결된 또 하나의 작품이어야 한다는 게 내 생각이다. 작품에 대해 알아들을 수 있게 설명을 해달랬더니 또 알 수 없는 작품을 안겨주면 어쩌냐 생각할 수도 있는데, 그게 예술의 특성인데 어쩌겠는가라는 말밖에는 달리 할 말이 없다. 그런데 생각해보면 모든 것이 그렇지 않을까. 해석은 언제나 또 다른 해석을 필요로 한다.

☞ Gate 3의 「완전히 자동화된 화려한 극장」은 삼일로창고극장의 프로그래머이자 기획자 허영균의 청탁으로 씌어졌다. 참여한 프로그램은 「불필요한 극장이 되는 법」 전시 내의 '극장에 대한 소문' 파트였다.

이 글과 서울도시건축비엔날레의 청탁으로 쓰인 글의 특징은 현장에서 읽는 것을 시작부터 명시한 청탁이었다는 점이다. 비엔날레에서는 큐알코드를 찍으면 핸드폰으로 볼 수 있는 형식이었고, 삼일로창고극장은 전시장에 모니터를 설치해 관객들이 자리에 앉아 마우스를 조정해서 볼 수 있는 환경이었다. 따라서 일반적인 도록에 들어가는 글과 조금 다른 방식을 상상했다. 반드시 처음부터 끝까지 읽을 필요 없이 랜덤으로 어느 지점에 접속해서 읽거나 스크롤했을 때도 관객이 가져갈 부분이 있었으면 하는 바람이었다. 물론 선형적으로 정독해도 문제없으며 그런 독해를 거부하진 않았다. 다만 부분들이 불균질하게 도드라져 보여도 좋겠다는 생각을 했다. 비평이나 에세이, 칼럼, 소설 등 다양한 문체가 하나의 텍스트 안에 모두 존재하는 것도 그 때문일 것이다.

아래는 이 글을 쓰기 전 기관의 요구로 제출한 창작계획서의 일부이다. 계획과 실제가 얼마나 같거나 다른지에 대한 참조점이 될지도 모르겠다.

기획 의도

AI와 로봇으로 자동화된 미래는 흔히 디스토피아로 상상되어왔다. 인간은 로봇에게 일자리를 뺏기거나 AI의 노예가 되어 생명력을 착취당한다. 그러나 이런 SF적 상상력 반대편에는 미래에 대한 유토피아적 기획이 있다. 『완전히 자동화된 화려한 공산주의』의 저자 아론 바스타니는 과학기술의 발전에 따른 자동화야말로 공산주의의 이상을 완벽히 실현할 수 있는 조건이라고 본다. 마르크스는 미완성 유고로 남은 『정치경제학 비판 요강』에서 기술의 미래를 다음과 같이 예견한다. “이런 상황은 노동이 해방됨으로써 얻는 혜택에 기여할 것이며, 노동 해방을 위한 조건이기도 하다.” 완전히 자동화된 미래사회에서 노동은 의미를 잃고 일은 놀이가 된다. 다시 말해 인간은 완벽한 유희로서의 창작에만 몰두할 수 있게 되는 것이다.

세부 내용

단편영화 「솔리시터스」는 딥러닝 기반의 AI GPT-3가 쓴 시나리오를 바탕으로 만들어졌다. 영화의 주연을 맡은 애쉬튼 해릴드는 캐릭터의 행동과 대사를 통해 극을 파악해야 하는데 AI가 쓴 시나리오에는 근본적인 의미가 없었다고 말했다. 여기서 배우가 말하는 의미란 무엇일까? AI의 시나리오에는 정말 의미가 없을까?

목차

1. 자동화의 과정들

2. 포스트휴먼과 트랜스휴먼 배우의 가능성

3. 비인간 배우의 존재론

4. 비인간 작가와 비인간 연출의 (비)인간성

5. 모든 가능성의 형태로서의 극장

찾아보기

정지돈

2013년 『문학과사회』 신인문학상을 수상하며 소설을 발표하기 시작했다. 소설집 『내가 싸우듯이』 『우리는 다른 사람들의 기억에서 살 것이다』 『농담을 싫어하는 사람들』, 중편소설 『야간 경비원의 일기』, 장편소설 『작은 겁쟁이 겁쟁이 새로운 파티』 『모든 것은 영원했다』 『…스크롤!』, 산문집 『문학의 기쁨』(공저) 『영화와 시』 『당신을 위한 것이나 당신의 것은 아닌』 등을 썼다. 2015년 젊은작가상 대상, 2016년 문지문학상, 2022년 김현문학패 등을 수상했으며 2018년 베네치아 건축 비엔날레 한국관 작가로 참여했다.

스페이스 (논)픽션
정지돈 지음

초판 1쇄 발행 2022년 10월 10일
초판 2쇄 발행 2022년 12월 2일

ISBN 979-11-90853-35-4 (03810)

발행처 도서출판 마티
출판등록 2005년 4월 13일
등록번호 제2005-22호
발행인 정희경
편집 서성진, 박정현, 전은재
디자인 이기준

주소 서울시 마포구 잔다리로 127-1, 8층 (03997)
전화 02·333·3110
팩스 02·333·3169
이메일 matibook@naver.com
홈페이지 matibooks.com
인스타그램 matibooks
트위터 twitter.com/matibook
페이스북 facebook.com/matibooks

온(on) 시리즈 – 무엇무엇에 대해 생각하고 쓰다

이어질 책들

도서관은 살아 있다 / 도서관여행자

미묘한 가난 – 나의 경험을 훑었다 / 안온

미술 사는 이야기 / 유지원

큐레이팅 다이어리 / 정다영

영화를 쓰는 태도 / 정지혜

수선하는 삶 / 복태와 한군

박물관 소풍 / 김서울

작가 피정 – 번역작가 노시내의 어떤 체류기 / 노시내

패션의 시대 / 박세진

힘을 가진 옷 / 염미경

※ 제목과 출간 순서는 정해지지 않았습니다.